LA VIE EST UNE AFFAIRE PERSONNELLE...

LA CHEVILLE

Les Éditions Ipanema
9 rue Saint Fiacre Paris

ISBN : 978-2-36478-349-2

Valérie Fauchet

LA VIE EST UNE AFFAIRE PERSONNELLE...

LA CHEVILLE

Roman

LES EDITIONS IPANEMA

À...

« La vie est lente et l'homme ne sait guère la jouer. Les possibilités d'atteindre l'être susceptible de l'aider à la jouer, de lui donner tout son sens, se perdent dans la carte des astres. Qui m'accompagne, qui me précède cette nuit encore une fois ? Demain reste fait de déterminations bon gré mal gré acceptées sans tenir compte de ces boucles charmantes, de ces chevilles pareilles à des boucles. Il serait temps encore de reculer. »

André Breton
L'Amour fou, Gallimard, 1976.

SYMBOLIQUE DE LA CHEVILLE

La cheville est la troisième et dernière articulation majeure qui donne la mobilité entre le pied et le reste de la jambe. La cheville est l'articulation de la jambe qui lui donne sa finesse de mobilité. La hanche représente l'articulation basique des repères et structures inconscients de la relation alors que la cheville représente l'articulation finale et extériorisée, c'est-à-dire les repères et appuis conscients de nos relations avec le monde. Elle représente l'articulation de nos positions, de nos croyances reconnues et établies par rapport au monde, aux autres et à nous-mêmes. La stabilité et la mobilité de nos appuis sur le sol (qui symbolisent la réalité), ainsi que la souplesse et la douceur de ceux-ci, dépendent de nos chevilles. Elles vont de ce fait être la projection fidèle de la stabilité, de la rigidité ou de la souplesse de nos positions et de nos critères de vie conscients.

PRÉFACE

« Le Maintenant est l'image la plus intime de l'Autrefois. »
Walter Benjamin

L'amour meurt-il vraiment ? Il y a des amours hors du temps qui ne meurent jamais. On croit les perdre, mais en réalité ils peuvent resurgir à n'importe quel coin de rue, dans un détail, dans un regard… dans un visage ou un virage. À une lettre près, tout peut basculer. C'est ce fil mystérieux de l'amour intemporel qui tisse les interstices de ce beau roman de Valérie Fauchet.

L'amour est une répétition dont on ne connaît pas le sens. Du moins, dont on ne saisit pas immédiatement le sens. Pourquoi « tombons-nous » amoureux ? Le terme « tomber » est fort. C'est une chute brutale qui s'invite sans prévenir. Certains scientifiques expliquent les coups de foudre par un matérialisme aseptisé : la chimie des phéromones. Les coups de foudre ne seraient alors qu'une histoire d'hormones. Peut-on véritablement croire en une théorie aussi réductrice ? L'amour est un mystère. C'est cette part de mystère que, à la fois, célèbre et interroge ce roman, *La vie est une affaire personnelle…*

« Ce détail ce mystère
Qui peut faire l'été, défaire l'hiver »
« C'est écrit dans les yeux »
« Ce détail si infime
De lumière ou de spleen »
(*Le Détail*, chanson de Valérie Fauchet)

L'amour est un « jour d'été ». Et l'été, un éternel retour. Cette répétition des états amoureux, Valérie Fauchet les connaît bien et les décrit dans ses textes de chansons glissés à la fin du livre pour mettre en musique ce roman si mélodique.
L'amour hors du temps, « hors de l'espace-temps » pour reprendre l'expression de l'auteur, coexiste avec l'amour éphémère qui inspire de belles chansons, dont le rythme est un plaisir musical. Ces amours, « ce faux mot si juste », sont roses de soleil et créatrices de belles nuits fantasmées à Marrakech, comme un coup de sirocco qui tire l'héroïne du roman, Adèle, de l'ennui.

L'amour authentique d'une vie… ou les amours plurielles et rock'n'roll ? Pouvons-nous choisir entre les deux ? Avons-nous réellement le choix ? Telle est la question.
L'amour est la seule chose à laquelle croit profondément Adèle. Adèle prend tout au sérieux la plupart du temps. Mais elle se force à s'ouvrir à « des choses enfin légères, le charme de l'éphémère, la liberté en plein air ». À « quelques heures oasis » que lui offre son escapade à Marrakech.

La passion est un attentat émotionnel que l'on subit. Pour cette raison, les philosophes s'en méfient. Un détail nous effleure et nous pouvons littéralement « tomber » amoureux. **Amoureux d'un détail, d'une cheville**… La cheville qui peut être l'articulation d'une histoire familiale. C'est le cas d'Adèle qui a une obsession : la cheville d'un homme qu'elle vient de rencontrer. Elle ne connaît rien de lui, mais a pourtant l'impression de l'avoir toujours connu. C'est la fameuse « inquiétante familiarité » de Freud qui titille son désir. « Telle une diapo, un flash, une photo. Il est là comme une mélodie qui revient, Julien Clerc années 1970. »

« Qu'est-ce qui fait que l'on pense à quelqu'un ? » s'interroge Adèle. Pourquoi rêve-t-elle « d'un espace-temps » avec cet homme qu'elle connaît à peine ? On peut aimer les gens pour leur façon de se mouvoir dans l'espace, pour des détails qui sont tout et rien à la fois.

> « Dès le premier instant
> Par hasard dans la rue
> Rien n'est plus important
> Que l'alchimie des sentiments inconnus »
>
> (*Masculin féminine,* chanson de Valérie Fauchet)

Sommes-nous libres d'aimer ?

L'amour donne parfois l'impression de ne rien maîtriser. On se sent emprisonné par des émotions qui nous envahissent sans raison. On ne choisit pas ses coups de foudre. Le destin est ainsi. « Une rencontre n'est jamais là par hasard sur notre chemin. » « Il y a toujours une raison, une explication implicite. »
Les rencontres sont-elles alors des retrouvailles ? Les séparations existent-elles vraiment ?

Pour l'auteur, **les rencontres sont comme des rayons de soleil**. Il faut les vivre. Voici le message sage que vous livre en délicatesse ce roman. « Combien de fois tombons-nous véritablement amoureux dans une vie ? »
Si on observe bien le déroulement de nos rencontres, celles-ci sont jonchées de synchronicités. C'est ainsi que ce roman est construit. L'auteur a joué avec des miroirs de coïncidences que l'on ne comprend qu'à la fin. Les rencontres sont semées d'indices. C'est un suspense palpitant. Rien n'est mis au hasard. Les dates de rencontres… 17 janvier par exemple dans ce roman. « Tout se mélange » : la lettre d'un notaire, une photo de classe, le message d'un acteur,

Jean, en parallèle. « On a toutes les mémoires mais on a oublié. » Il n'y a pas de coïncidence.
La place des photos n'est pas anodine dans ce roman. Elle fait écho à ce qu'observe Christine Ulivucci, psychologue spécialiste du transgénérationnel : les photos nous mettent en contact « avec la part invisible de l'arbre familial, avec ce qui revient de loin et nous touche dans le présent ».
Sommes-nous la somme des amours mortes de nos familles ? Des amours cachées que nous cherchons désespérément à réparer ? Tels des guérisseurs inconscients. Ce roman décrit une sorte d'épigénétique des sentiments qui explique que nous pouvons être attirés par les mêmes blessures familiales. Nous poursuivons sans le savoir le destin de nos aïeuls.
« La mort n'existe pas. C'est une vue de l'esprit, une illusion. »
« Il n'y a pas de fin. Rien ne s'arrête jamais. »
Telle est la conviction de l'auteur.
Je vous invite à bien scruter les détails de ce roman. Les détails sont des chevilles qui permettent de comprendre l'articulation de l'histoire. Et de nos histoires.
Les gens « pour tenir le cap » ont tendance à s'oublier, « à s'oublier souvent, à s'oublier toujours ». Pourtant, des amours posthumes les habitent.

> « Tant de non-dits d'amours posthumes
> D'irréel dans le réel »
> « Les amours tout en dentelles »
> (*Le Nombril des hommes,* chanson de Valérie Fauchet)

Des amours posthumes nous habitent. Et habitent les maisons. La place de la maison est essentielle dans ce roman. Vous comprendrez d'ailleurs dans le portrait de l'auteur (p. 203) pourquoi les maisons sont importantes dans nos vies. Et pourquoi il ne faut négliger aucun objet. Les maisons sont comme des corps, comme des voyages

à travers le temps. « C'est quoi, ce pays où on n'a aucun repère dans l'espace-temps ? s'interroge Adèle. Une maison, c'est comme une femme, on doit la faire vibrer, on doit la sublimer, la faire vibrer. La mort n'existe pas si on décide qu'elle n'existe pas. » Tout comme l'amour, la vie persiste si on ne la refoule pas. La maison est un espace interstitiel entre plusieurs temporalités. Elle est le témoin de « notre architecture intérieure » (Éloge indocile de la psychanalyse, Samuel Dock). Les maisons ont d'ailleurs des couleurs dans notre inconscient. Dans ce livre, vous ferez la connaissance d'une certaine maison rose... Les couleurs que l'on attribue aux maisons sont le reflet de nos affects.
« Tout observateur de photos anciennes fait l'expérience d'un entre-deux temporel où ce qui n'existe plus se manifeste néanmoins par une présence » (*Ces photos qui nous parlent*, Christine Ulivucci). Et Valérie Fauchet joue une belle partition de cet entre-deux temporel dans ce roman parfaitement orchestré.

> « Si tu savais toutes ses amours passées
> Tu comprendrais pourquoi
> Le goût de ses passions enterrées »
> (*Le Goût de la mer,* chanson de Valérie Fauchet)

« **Alors pourquoi s'interdire toujours, Certaines histoires d'amour** ? » écrit Valérie Fauchet dans le texte de sa chanson *Masculin féminine.*

Faut-il résister aux histoires d'amour interdites ?
Lutter contre les invincibles étés de nos coups de foudre ?
Accepter de vivre à moitié ?

Ce roman offre des clés. À vous de les saisir.

Comme l'écrit justement mon ami psychanalyste Samuel Dock : « Ne pas aimer peut causer autant de dégâts que de trop aimer. »

Ce roman vous invite à réfléchir sur cette part animale qui sommeille en vous et que vous avez peut-être négligée depuis des années, ce « tigre » du livre que vous découvrirez, ce « magnétisme animal » de Hegel évoqué en ouverture du chapitre 42. D'ailleurs, l'auteur dédie son roman « aux animaux sauvages en général ». Le mystère est sauvage, pour cette raison, notre part féline trace la voie inconsciente de nos amours.

L'amour reste notre plus belle intuition et une forme de relation profonde au monde. Notre précieuse cheville à ne jamais négliger. Jamais.
En amour, on se raconte peut-être des histoires, mais « chaque détail est un message de l'au-delà ».

Marjorie Rafécas-Poeydomenge
Journaliste (*La Cause littéraire*) et écrivain

1

Cette nuit-là, je n'ai pas dormi. Je m'étais couchée comme d'habitude. Des livres à mes côtés. Allongée paisiblement dans mon lit, étendue là où je me sens si bien, parmi mes oreillers, mes coussins, de matières et de tissus différents. Endormie quelques heures, et tout à coup réveillée, comme en plein jour. Il était 2 heures du matin. J'étais là dans mon lit à chercher le sommeil, des pensées se succédaient, incohérentes, les unes contre les autres. Des souvenirs, des doutes, des angoisses, des questionnements… Agitée. J'avais chaud. J'avais froid. Aucune envie de lire, aucune envie de rien. L'esprit éveillé comme en pleine journée. Effervescence dans tous les sens. Demain, je serai parfaite : des cernes obscurs sous les yeux. À côté de moi, concentration à l'envers. Une idée idiote m'obsède : mon portable… SMS, e-mails, Messenger… Encore et encore des messages qui ne vont pas m'aider… Contrariée davantage je suis.

À cet instant, dormir c'est tout. Le problème est que je pense trop et cela ne sert à rien. Je repense et repense à cet homme avec qui je n'avais absolument rien à faire. Rien à vivre. Rien à partager. Me séparer une bonne fois pour toutes. L'oublier tout à fait. Je sais que ce n'est pas quelqu'un pour moi. Je ne suis pas une femme pour lui. Lucidité. Intuition et lucidité. Les deux à la fois, les deux mêlés. Cette histoire était vouée à l'échec dès le départ. Alors quel élément me retient ? Qu'est-ce qui me retient pour passer à autre chose ? Histoire qui n'a d'ailleurs jamais vraiment commencé, c'était du vent, du bla-bla, du bla-bla-bla…
J'ai rendez-vous à 11 h 30 et il est 3 heures du matin. Prendre un bain. Je me lève. L'eau coule dans la baignoire, blanche.

Huile parfumée, bain moussant, j'allume des bougies. Je me regarde dans le miroir. Je me vois sans me reconnaître. Je songe à toutes mes rencontres, mes histoires, mes séparations. Tout ça pour ça. Une vie de rencontres et de séparations, de séparations et de rencontres. Je joue avec l'eau. Ce premier élément de la vie. L'eau. Ce milieu aquatique. Sensuel...

Une petite fille m'a demandé l'autre jour dans un restaurant ce que j'avais autour des yeux.

« Ça ! Ce sont des rides, ma petite demoiselle !
– Ah non, toi tu as des papillons autour des yeux, ce ne sont pas des rides... »

J'ai aimé sa réponse. Tu parles de papillons ! Du temps qui passe... Des déceptions, des désillusions, non pas des échecs mais des expériences. Rester positive, toujours, quoi qu'il arrive. Demain, c'est ça qu'il faut que je me dise : j'ai des papillons autour des yeux et tout va bien. Tout est possible, tout est possible encore, peut-être.

4 heures du matin, l'heure idéale pour un brushing, non ? Donc, brushing. Action.
Puis, je me maquille, crayon noir autour des yeux, fard à paupières, rimmel, Paris de Saint Laurent dans mon cou, mes cheveux. Je peux maintenant me recoucher impeccable.

C'est insensé que je n'arrive toujours pas à dormir ! Attirée sans cesse par le même type d'hommes : des pervers. Je les repère, je les choisis. Cependant, il doit bien exister d'autres hommes... C'est sûr. Mais où ? À quel endroit ? Quelque part, c'est sûr...

Des moins égocentriques, moins sadiques, moins bipolaires, moins trop sûrs d'eux, moins pas assez sûrs d'eux, moins instables, moins lunatiques, moins cyclothymiques. Moins petits garçons. Des hommes ayant un joli rapport avec leur mère, un vrai respect, de la finesse avec les femmes, des plus équilibrés, des plus déterminés, des moins superficiels, des moins artificiels, des plus subtils, des plus cultivés, des plus doux, des plus intéressants, des plus élégants… Des plus adultes.
Faire la rencontre, la bonne rencontre, tout démarre de cela, l'essentiel, les premiers détails, les premières heures. Le premier regard. Les premiers mots. Le premier geste. J'ai lu quelque part que cela s'appelle « les fondamentaux du commencement »… Les bonnes bases de départ, les fondations justes indéniablement. Parce que tout est une question d'architecture en tout. Architectes, architecture. Sensibilité aux beaux-arts et structure.

Tout m'empêche de dormir.
Ma lampe de chevet noire, métallique, me regarde comme une ennemie. Écrire quelques lignes pour te dire encore une fois adieu, te dire que ça suffit, qu'à ce petit jeu, je ne comprends rien, strictement rien, que je n'aime pas le jeu du chat et de la souris. Le jeu du je, garde-le pour toi. On le sait tous les deux, c'est fini depuis des semaines, presque un mois. La différence est que je veux passer à autre chose. Ne plus du tout penser à toi, ne plus te voir. Je ne veux plus attendre, ne rien attendre, espérer, désespérer, croire à quelque chose qui n'est pas, qui n'est plus, qui ne sera jamais. Alors, salut, bye-bye, ciao, mais… J'écris… Je t'écris. Mais je t'écris pour t'oublier.

Je me suis réveillée, la lumière allumée, le stylo à la main, et ces quelques lignes froissées. Le réveil a sonné et je ne l'ai pas entendu. Je suis en retard. Mais je suis déjà prête depuis quelques heures. Mon maquillage n'a même pas coulé.

J'enfile un jean, un col roulé noir ; j'appelle un taxi, grève de métro. Paris, toujours Paris. Il fait beau aujourd'hui, incroyable. Le soleil est là et j'ai rompu.

Le chauffeur de taxi, un homme à la peau sombre, au regard doux, qui a, par la force des choses, écouté toute ma conversation téléphonique avec une amie, s'arrête à l'adresse indiquée. Je raccroche alors. L'homme se retourne : « Je vous souhaite une merveilleuse journée. » Ses paroles me font du bien, elles ont quelque chose d'angélique. Je lui souhaite à mon tour le meilleur et descends de sa voiture. Remplie de ses ondes subtiles, positives, je pousse la porte cochère.

Le mari de mon amie, Alice, m'a proposé de me mettre en contact avec quelqu'un qui pourrait me donner de bons conseils pour un projet qui me tient à cœur. Toujours ouverte aux nouvelles rencontres, j'avais appelé cet homme, avec qui j'avais rendez-vous. On verra bien, avais-je pensé alors.

Je me retrouve dans un premier bureau. J'attends. Puis, on m'accompagne dans un autre bureau. On me propose un café. J'accepte. Un homme est là debout. Nous nous serrons la main. Ne pas me disperser, me ressaisir, surtout ne pas montrer le trouble qui m'envahit aussitôt en apercevant ses yeux, onyx.

Un homme est là, et je ne vois en effet que ses yeux, oui, je ne vois que son regard. Nous parlons, mais brusquement se pose mon regard sur sa cheville…

Découverte quelques secondes et me voilà décontenancée, troublée pour la première fois de ma vie par la cheville d'un homme. Étrange sensation, la cheville, oui, la cheville inconnue de cet homme me trouble.

Le café qui vient de m'être apporté : impossible de le prendre, je tremble comme une feuille morte en décembre. C'est ridicule, je perds tous mes moyens… La honte, la honte totale. C'est sûr, il a vu mon visage alors plus rouge que tout un champ de coquelicots.

Faire comme si de rien n'était, comme si tout allait bien. J'ai l'impression d'avoir 14 ans. Ma seule obsession à présent est de parvenir à boire mon café sans trembler.
Je me sens ridicule. Tout s'entend dans ma voix. Il m'observe, me scrute, m'analyse. C'est horrible. J'ai l'impression de passer un examen, genre l'oral du bac. Je lui montre mon CV, lui donne quelques dates plutôt approximatives, certains chiffres me déplaisent, je bégaie, lui expose mes derniers projets, mes dernières idées de bijoux, créations de bagues, et mon idée de sac à main. Je sors mes croquis, tous mes dessins. J'essaie de rester la plus précise possible, mais ce n'est pas gagné. Comme une attirance, une obsession, je ne peux m'empêcher de regarder sa cheville. Je n'avais pas vu les tout petits centimètres carrés d'épiderme, là, en bas, entre cheville et mollet. Et maintenant, je ne vois plus qu'eux, je suis absorbée par quelques centimètres carrés de la cheville d'un homme avec lequel je suis censée discuter projet, financement, rentabilité. Je suis devenue ces quelques centimètres de peau d'homme, ils m'ont absorbée. Je ne suis plus moi, je suis peau-mollet-cheville d'homme. Au secours ! SOS ! Sa cheville a envahi mon être.

« Revenons donc aux sacs à main. Il y a, dans un sac de fille, tout ou presque, en tout cas beaucoup de choses. Pourquoi et comment je souhaiterais développer ce concept ? Un nouveau style de sac dont seule l'enveloppe couleur et matière changerait chaque jour, chaque fois que nous en éprouverions le désir nous les femmes, sans que nous ayons à transvaser tout ce qu'il y a à l'intérieur de sac en sac. De jour en jour, de mois en mois. »

C'est abominable de tenter d'expliquer un projet sur lequel on travaille depuis des mois et des mois, alors que l'on est devenue la cheville, quelques centimètres carrés de mollet-cheville d'homme. Ça, je ne m'y attendais pas, pas à ce moment-là, en tout cas. Ce doit être à cause du manque de sommeil de ma nuit précédente. Je tente de me raisonner, le temps du rendez-vous me paraît à la fois lent, long et tellement court. Très bizarre, cet espace-temps-là…

Mais qu'est-ce que j'ai à trembler comme cela ?

Pour me donner une contenance, je croise puis je décroise mes jambes toutes les deux minutes. Mon café est maintenant froid. Le rendez-vous se termine. Nous nous saluons. Il n'y aura pas de suite. Les sacs à main ne sont pas son truc.

Qu'est-ce qui se passe ? Tu parles d'une journée ! Pas dormi, rendez-vous raté. Je ressors de là les mains moites, archimoites, mais curieusement heureuse et gaie de cette rencontre. Je marche dans la rue, m'arrête au premier café du coin pour prendre, enfin, mon café et être capable de le boire. J'allume une cigarette, deux, trois, à suivre.

Non ! Ce n'est pas vrai ! La blague ! Je ne suis jamais tombée sous le charme de quelqu'un lors d'un rendez-vous professionnel, j'ai toujours trouvé cela ringard, plouc, déplacé, vulgaire, banal à pleurer, absurde, pauvre. Donc non, non, je ne suis pas tombée sous le charme de M. Peau-mollet-cheville. D'abord, je ne le connais pas. Je ne connais rien de lui. Ensuite, il a forcément une femme, une maison, un chien, un ordinateur, un aspirateur, une mère, une table basse, etc. Des casseroles accrochées au cul. Donc, non, hors de question de garder ses coordonnées, il faut que j'efface tout de suite son numéro de portable.

Tout ça ne correspond à rien. J'ai mal dormi, je n'ai pas dormi, donc conclusion je suis simplement vulnérable, on va dire ça comme ça. Et si je le revoyais, ce qui est inconcevable, cela ne me ferait aucun effet. Ça suffit de se laisser avoir par les émotions, mes emballements. Garder à tout prix les pieds sur terre, trouver la bonne distance. Me persuader que je ne ressens rien, que je n'ai rien ressenti du tout. Je ne connaissais pas cet homme il y a une heure, donc tout cela n'a aucun sens. J'espère que même si je devais ne jamais le revoir, il n'a pas perçu tout ce qui se passait dans ma tête, enfin, quand je dis tout…

Une panique brusque m'envahit, obsédante. De plus j'ai vu son regard quand je lui ai parlé de cette idée de sac… Une grosse ringarde ! Voilà ce qu'il s'est dit. Mais qu'est-ce que cela peut bien faire, je ne le reverrai jamais… Il n'en avait rien à faire, ni de moi, ni de mes sacs à main, ni de tous mes papillons, mes plissés Issey Miyake autour des yeux. Il ne regardait que ça, une nana de 90 ans qui n'avait pas dormi.
Impossible de lutter, d'aller contre. Je repense à la peau de sa cheville, ce tout début de mollet. Première fois que je fantasme sur la cheville d'un homme ! Nouveau détail. Je

n'aurais jamais imaginé. Je n'aurais jamais dû me rendre à ce rendez-vous !

Découvrir sa peau ! Tomber dans ses yeux ! Je fais quoi maintenant avec ça ?
Zut ! J'ai oublié mon portable dans son bureau ! Obligée d'y retourner. Qu'est-ce qui m'arrive ? De ma vie, je n'ai jamais oublié mon portable, nulle part, jamais. Acte manqué ? Et puis zut, j'ai oublié mon portable, point barre. Je règle mon café et hop ! Je remonte la rue… L'avenue, le boulevard… Tout, même le périphérique. Je sonne à l'interphone. Me voilà de retour, me voilà à nouveau. Face à lui. Face à sa cheville.

« Je suis vraiment désolée mais je pense avoir oublié mon téléphone ici tout à l'heure.
Avec un demi-sourire…
– Vous vouliez revenir me voir, en fait ? »

Hein ? Qu'est-ce qu'il me répond ?

Et là, je ne réponds rien. Je n'ai rien su répondre, rien pu répondre. J'ai juste fait un sourire complètement niais et c'est tout. Un sourire certes idiot mais un sourire tout de même, malgré tout.

« À bientôt. »

Me dit-il… M'a-t-il dit…
Pourquoi m'a-t-il dit à bientôt ? Allions-nous retomber l'un sur l'autre dans la rue, dans un restaurant ? Nous croiser par hasard ? Parce que sinon, nous n'avions plus aucune raison de nous revoir. Absolument aucune. J'aurais dû lui sourire peut-être, lui dire que je voulais déjà le revoir mais

c'était impensable, impossible. Impensable, impossible. Était-ce écrit ainsi ? Un destin est-il écrit ? J'aurais dû encore oublier quelque chose, n'importe quoi mais je ne l'ai pas fait. Comment revenir ? Trouver un prétexte ? C'est absurde. Ce serait absurde. C'eût été absurde. Je rentre chez moi à pied pour me vider la tête. Je traverse Paris. Je marche. Je ne cours pas. Je marche. Je suis maintenant dans mon appartement, directement dans ma chambre, je m'écroule sur mon lit. Nue. Tout à fait nue.

Le destin pouvait-il être écrit ainsi ?

2

« D'abord, le rêve a été rapporté au don de prophétie.
Il était un présage divin ou diabolique,
un message en tout cas. »

Anne Dufourmantelle,
Intelligence du rêve.
Fantasmes, apparitions, inspiration,
Payot, 2012

Et puis le temps s'est arrêté comme un orage d'été en plein hiver. Février.

Je pense à lui comme ça, sans savoir pourquoi, d'où ça arrive, son visage traverse mon esprit, comme un rayon de soleil. Je m'ennuie avec des gens sans intérêt, à des dîners interminables, chez des couples qui font semblant de s'aimer, qui font semblant d'être ensemble, qui ne font que se disputer, se haïr, se mépriser, se critiquer. Des couples qui restent ensemble et qui ne peuvent plus se supporter. Où certains invités arrivent en retard, exprès… Pour être sûrs qu'on les remarque. Certains hommes jouent aux hommes d'affaires bousculés par le temps qui les dépasse, leurs épouses jouent aux femmes des hommes d'affaires que le temps bouscule en laissant quelques signes de son passage sur leurs visages amers. Hypocrisie, convenances, grands sourires, tout le monde se moque de tout le monde, et moi je songe à lui. Comme ça, tout à coup, au beau milieu de discussions dont je n'ai que faire, je m'ennuie au plus haut point. Oui, je m'ennuie au beau milieu de ces gens.

Une femme est là qui parle de sa dernière séparation, en plein chaos.

« Il est parti. La porte a claqué. J'ai entendu ses pas dans l'escalier. Je ne l'ai jamais revu. »

Ah… Ah… ?

Au même instant, moi, je pense à cette nouvelle rencontre. Je suis là sans être là, j'entends mais je n'écoute pas. Ces gens autour de moi… Je m'ennuie. C'est l'hiver, l'hiver en plein hiver.

Une fille me parle, blonde décolorée, les yeux trop maquillés, bleus, vulgaire, mais nom d'un chien qu'est-ce que je fais là ? Je n'ai rien à faire ici. Autre chose à vivre. Il est temps que ça change. Le printemps arrive, le printemps, et même peut-être l'été, veut bientôt arriver.

Je m'en persuade. Oui, le printemps va arriver encore… Trouver une idée. Me réénergiser au plus vite. Tel un miracle, mon amie Sophie me propose de partir avec elle quelques jours, destination Marrakech. Elle me persuade de quitter Paris dès que possible. Elle prend l'avion dans quatre jours. Et si l'inspiration venait de là-bas ? On ne sait jamais comment les choses existent. Tout est une question de rencontres, toujours.

C'est décidé : je fais ma valise ! Je ne suis pas partie depuis trop longtemps. Besoin de m'échapper un peu. Cela me permettra tout au moins, comme tout voyage, aussi court soit-il, de voir le monde sous un angle différent. Fuir ces insomnies, perpétuelles, ces angoisses. Je vis sur les nerfs, pour rien. Besoin urgent, presque vital, de soleil et de sommeil.

Je tourne en rond. L'espoir de mettre en place cette idée de sac m'obsède. Partir respirer. Ressentir d'autres sensations. Voilà précisément ce qu'il me faut. Trouver un autre regard sur ce que j'ai à accomplir. Il n'y a plus de vol dans quatre jours, jour du départ de Sophie, mais un demain matin très tôt. Aucun problème pour partir seule. Sophie me rejoindra là-bas. Le temps de faire ma valise et hop ! Là ! Dans ma tête je suis déjà partie.

Tellement pressée à présent de m'échapper. Trois jours seule au Maroc.

Sans personne pour me faire penser au passé, chavirer, mais au contraire pour avancer et me débarrasser de tout ce qui m'encombre et me pollue. Partir seule pour mieux me retrouver, me rencontrer différemment, en quittant pour un temps tous mes repères, mes habituels points de repère. Faire un break. Sauver ma peau.

Pas la moindre idée de ce que je cherche à vivre en partant. Une rencontre ? Des rencontres ? Des retrouvailles ? Le hasard, le destin, cette chose quelque part écrite où des individus pour des raisons fort différentes se retrouvent au même endroit, à la même heure, au même instant de leurs vies. Sur qui allais-je encore « tomber » ? Je ne pouvais m'empêcher de me poser la question. Suspense.
Partir peut ressembler quelquefois à une fuite. S'agit-il là d'une fuite ? Oublier ou tout simplement tenter de trouver une clé ailleurs ? Dans cet ailleurs que j'adore, Marrakech, son atmosphère si spéciale, de couleurs féeriques, fortes,

de lumière merveilleuse. Tous ces mondes multiples qui s'inscrivent si fortement dans ses paysages.

Bien arrivée. Je traverse la palmeraie et me retrouve dans un hôtel bas de gamme, moche à souhait. La déception est là mais c'était écrit d'avance, forcément, m'y étant prise au dernier moment, tout est complet ou bien c'est une fortune totale. Je ne resterai que deux jours dans ce lieu infâme où le touriste est roi et si triste, basique, inélégant absolument. Partir me promener à peine arrivée. À pied. En voiture. Découvrir au plus vite d'autres lieux où le décor est en correspondance véritable avec ce que j'attends et ce que j'aime du Maroc : la poésie, une certaine forme de magie, d'évasion dans l'imaginaire. Rêver. Inscrire d'autres choses, d'autres images dans mon regard, dans mon âme.

Au gré de la journée bien évidemment, le visage de cet homme me revient en mémoire et plus précisément la séquence si troublante, déroutante, de la vision de sa cheville. Je pense à lui, là au beau milieu des palmiers, je pense à lui face au soleil. Je suis assise dans un lieu idyllique, enfin, pour quelques heures au moins. Boire un thé à la menthe, puis un verre de rosé sans glaçon. Il fait beau. Il fait chaud et je songe à lui. Cette rencontre continue à me troubler là encore, à quelques milliers de kilomètres, le détroit de Gibraltar entre nous. Cet homme aperçu une seule fois, à peine une heure. Je sors un jeu de cartes de mon sac et m'allonge sur la pelouse. L'Oracle de l'eau de Masaru Emoto. Je tire la carte de la « source de lumière ». « Comme le cristal, réfléchis… Tu as besoin de retrouver ta source, alors écoute Réda Hadjouti qui enseigne que "ne voit la lumière que celui *qui est éclairé*". » Je cherche un signe, des signes, des symboles de là-haut comme toujours. Son regard onyx ne me quitte pas. La vie est là dans ses yeux.

Et ce souvenir est là, présent, puissant. Un goût de trop peu, de pas assez. Un goût de lui. Un possible. Impossible ou possible… Une rencontre n'est jamais là par hasard sur notre chemin. Il y a toujours un sens, une raison, une explication implicite, réelle. Oui, je pense à ses yeux, son esprit. Je veux le revoir, le rencontrer à nouveau. Le voir sourire, l'entendre parler, réfléchir. Qui est-il ? Cet homme m'intrigue, m'interroge. Oui, il est là, présent.

Qu'est-ce qui fait que l'on pense à quelqu'un ?

Il est ce détail fabuleux : il est quelqu'un qui écoute. Je repense au dernier moment vécu, subi avant de partir. Un dîner qui ne sert à rien, qui encombre pour rien, qui n'apporte rien et qui empêche même d'être bien. Je me détends. Je suis là face au soleil et je pense à lui. Qu'est-ce qui me prend ? L'idée me traverse de lui envoyer un message : « Je pense à vous. »
À vous…

3

Je m'endors au soleil. Allongée à demi dévêtue sur un grand lit blanc. Je me réveille suite à des rires vifs et perçants. Une conversation haute en couleur, des Italiens, langue que j'adore. Toute une famille est là réunie. Une mère, son mari, un fils d'une trentaine d'années et sa femme, un bébé de 6 mois, une fille et son mari, un enfant de deux ans et demi environ, un autre couple, oncle ? Tante ? Amis ? J'ouvre un œil et observe la scène, scène de film, scène comme je les aime. J'aperçois aussitôt un homme qui retient toute mon attention, charismatique, le père, sans aucun doute. Chef de famille, au bout de la table. Il semble avoir une soixantaine d'années, plutôt soixante-dix. Le regard très noir, mais bienveillant, des lunettes rondes, observateur, précis, à l'écoute. Nous nous regardons, nous nous voyons. Cet homme me fait penser à lui en plus âgé, à lui. Lui. Je divague et imagine… Un industriel probablement du nord de l'Italie, de ce que j'entends, comprends de leur conversation. Il ne dit presque rien, il est là simplement. Leur conversation est rythmée, pétillante. Il est à l'écoute de tout le monde depuis longtemps, c'est sûr. Mais à lui, personne ne demande s'il va bien, comment ça va. Il est là en apparence mais n'est pas là totalement. Une vie en parallèle, des pensées, des rêves, une vie sensible cachée, autre, secrète. Sa vie à lui est d'assurer, d'assumer toute une famille de façon responsable, forte, s'occuper de sa femme, son fils, sa fille, le beau-frère, la belle-fille, etc. Les charges, la moindre décision, toutes les pressions de tout sur ses épaules à lui. Il en a oublié qu'il aime écrire, dire autrement les choses que de calculer tout, sans cesse, faire des tableaux Excel, gérer la vie mathématiquement, financièrement. Artiste à l'intérieur de lui. Sensible, romantique. Il a oublié de se raconter, il n'a pas pris le temps de s'occuper de lui personnellement, d'exprimer qui il est dans son âme et ses tripes. Il a dû faire face aux contingences sociales, économiques, maintenir le cap, penser à tout le monde en s'oubliant parfois, en s'oubliant souvent, en s'oubliant toujours. Je vois ses yeux qui me regardent, j'interprète cela comme un signe de cet homme à qui je pense. Il pourrait être son père en plus italien, en moins rock'n'roll. Il est comme un message là quelque part dans la palmeraie que la vie m'envoie. Que fait-il ? Est-il à Paris à cet instant ? Ailleurs ? Est-ce qu'il va bien ? Est-il heureux ? Je ne me pose absolument pas la question s'il pense à moi, tout ce que je sais c'est que moi, je pense à lui. Je n'attends rien. Je l'ai rencontré et c'est tout. Et j'aime cette rencontre-là. J'ai souvent pensé « séparations » alors qu'au fond, la vie n'est que « rencontres ». Simplement rencontres. Uniquement rencontres. Rencontres…

Je prends mon téléphone et envoie un message à Alice d'un coup. Sans réfléchir. Savoir quelque chose sur cet homme, ami, relation de son mari, il connaît forcément certains aspects, des anecdotes, des travers de sa vie. J'essaie d'écrire différents messages, questions, puis j'efface aussitôt. Demander quoi ? Savoir quoi ? Ça ne me ressemble pas de procéder ainsi. C'est ridicule. Si je dois le revoir, je le reverrai, alors non. Surtout pas. Ne rien demander. Garder cela pour moi, rien que pour moi. Si je suis amenée à le revoir, le rencontrer de nouveau, ce sera par moi-même. Quelles que soient la ou les réponses qu'Alice pourrait me donner, de toute façon ce ne sera jamais la vérité, la vérité de cette rencontre entre nous deux.

Le désir est là, mental et physique, cérébral. Une envie de lui puissante m'envahit. Face au soleil. Je rêve de ses mains sur ma peau, sur mon corps. Je rêve de sa bouche dans la mienne, de sa langue. Le deviner. Le découvrir. L'aimer tout entier. L'aimer profondément. Le soleil me brûle. Partout. Je veux ses yeux dans les miens. Oui, c'est cela dont j'ai envie, envie de faire l'amour les yeux dans les yeux avec lui. Mes reins tremblent de désir. Je veux mes seins contre lui. J'imagine. Caresser sa cheville, sa cheville à l'infini. Lui faire l'amour, lui en donner. Lui apporter ce qu'il aime, ce qu'il attend d'une femme, des femmes, du sexe et de l'amour, de la vie en général, du rire et de tout... Le sentiment que tout le monde ici autour de moi perçoit tout ce qui se passe dans mon corps, dans mon cœur. Je suis venue ici pour tout oublier et je ne peux m'empêcher de le voir apparaître. Il est là avec moi à Marrakech, partout à Marrakech.

Qu'importe ! Lui envoyer un message ! Y réfléchir pendant la nuit ou lui écrire maintenant, là ! Ici et maintenant. On verra bien. Comme une carte postale du Maroc, lui écrire tout de suite. Et pourquoi pas un mot de remerciement, pour ce rendez-vous, ce temps passé, cette rencontre ? Mais là, mon portable sonne. Je regarde. Stupéfaction. Je viens de recevoir un SMS : c'est lui.

« Bonjour Adèle,

Vraiment désolé de ne pas pouvoir vous aider, mais si un jour vous avez un autre projet... N'hésitez pas à me recontacter. Et si vous passez dans le quartier, arrêtez-vous... le temps d'un café par exemple.

Cordialement,

Victor »

Le ton est plutôt froid, réservé, mais… Il vient de m'écrire. Un mot au moment si fort où je pensais à lui. Bien sûr, que je vais passer dans le quartier dès mon retour ! Sous n'importe quel prétexte ! J'aurai bien entendu un rendez-vous juste à côté. Je n'ai qu'une envie à présent, celle de rentrer et de le revoir. De le voir encore et encore. Encore une fois. Juste une fois. Au moins une fois. J'appelle pour le coup Alice aussitôt.

« Coucou Alice… Oui, tout va bien. Merci. Toi aussi ?… Ah, chouette… Dis-moi… Je voulais te demander… Tu sais Victor…

Oui… Dis-moi… Non, rien… Je voulais simplement te remercier… Vous remercier… De l'avoir rencontré… Mais le projet ne l'intéresse pas… Mais… Oui, oui… Il a été charmant… Comment ?… Il est quoi ?… Il attend un enfant avec sa femme ?… Ah… Ah… Formidable… Oui, ça doit être ça… Ça doit être merveilleux d'avoir un homme amoureux, un amoureux… Oui, à bientôt, je te rappelle quand je rentre, je t'embrasse. »

La nuit qui suit est un défilé de cauchemars abracadabrantesques incompréhensibles. Il me réveille dans mon sommeil, seule image lumineuse, belle, sensuelle, je rêve de lui… Les nuits sont fraîches encore à Marrakech à cette période de l'année et pourtant je crève de chaud. Il est 6 heures du matin, je file sous une douche désagréable, un filet d'eau trop mince, laborieux, mesquin. J'enfile une longue tunique blanche et sors. Premier café du matin. Lui écrire. Lui répondre. Le remercier pour ce gentil mot. Lui dire que je passerai avec plaisir en rentrant, que justement je dois me rendre dans son quartier, lui dire n'importe quoi mais lui dire quelque chose, ne pas rester dans le silence, lui répondre. Pourquoi m'a-t-il envoyé un message ? Mon projet ne l'intéresse pas professionnellement parlant et en tant que femme c'est clair que je ne l'intéresse pas non plus. Il est le plus heureux des hommes, *dixit* Alice, tellement heureux d'attendre un enfant de la femme de sa vie. On s'est parlé à peine soixante minutes. Pourquoi alors me proposer de passer ? Je ne l'ai pas séduit, il n'a rien montré, rien. Et pour cause, il est heureux, amoureux ailleurs. Pas le style à faire le malin entre deux portes avec la première poulette venue, ou si c'est le cas c'est un grand professionnel de la séduction. Donc pourquoi ? Pourquoi me proposer de le revoir ? Par politesse ? Éducation ? Gentillesse ? Pitié ? Oh mon Dieu, quelle horreur ! Ce serait abominable si c'était de la pitié. Je dis n'importe quoi, pourquoi aurait-il pitié de moi ?!

« Cher Victor,

Ça sera avec plaisir que je m'arrêterai vous saluer.

Des baisers.

Adèle »

Le texto est parti. Envoyé ! J'ai appuyé sur la touche sans faire exprès, trop vite, maladroitement. Je suis dingue ! Des baisers ! Pourquoi ai-je écrit des baisers… Ah !

Je file dans la médina m'abrutir de bruits et d'odeurs, de tous les parfums d'ici et imaginer le sien dans mon cou. Je m'engouffre dans le souk après avoir traversé avec peine la place Jemaa el-Fna. Au hasard, me frayer un chemin parmi la foule. Je marche sans m'arrêter, vite, je cours presque. J'ai soif. Il fait déjà une chaleur terrible. Je m'arrête au Café des Épices. Je regarde le ciel bleu depuis la terrasse. Mon portable vibre dans ma poche.

« Mardi prochain. 11 heures ? »

C'est lui. Il me propose un rendez-vous. Je confirme aussitôt. Une date est posée. Structurée, structurante, rassurante. Et j'aime cela. Pas de flou faussement artistique. Construction constructive. Je ne peux plus supporter les gens sans parole, le bla-bla vide, l'irrespect, les gens en retard, les gens pour qui tout est dû, les gens qui ne font pas attention aux autres. Ras-le-bol des peut-être, des « on verra », des « on verra bien », « on se redit », « on essaie de se voir »... Là une date est fixée et cela me rassure. Je réalise alors que pour la première fois de ma vie : j'ai besoin d'être rassurée. Oui, d'être rassurée en fait comme tout le monde. Je n'ai rien de différent, je suis quelqu'un qui marche dans la foule.

Cet homme me plaît, je le sais. Il m'attire, m'intrigue, ce n'est pas que physique, c'est un tout. Un ensemble. J'aime son cerveau, ses yeux, son regard, sa façon d'être, sa manière de se mouvoir dans l'espace. J'ai aimé sa poignée de main, la première fois, le premier jour. On apprécie, on aime les êtres pour un tout, un ensemble de choses, un détail, mille et un détails. Quelque chose se passe. J'ai hâte de revoir sa cheville. Oui, sa cheville, rien que sa cheville.

4

Je change d'hôtel enfin. Ambiance, atmosphère complètement différentes. Ici, le décor me plaît. Les objets ont un autre style, un vrai style, les couleurs des murs sont là, puissantes, envoûtantes, je suis enfin à Marrakech. Je déteste les hôtels qui se ressemblent, où on a le sentiment d'être n'importe où dans le monde, sans distinction, sans pouvoir savoir où on se trouve. Je déballe quelque peu mes affaires, puis sors de ma chambre. Sophie arrive pour le déjeuner, le temps d'envoyer quelques e-mails…

Je brûle d'envie de lui écrire. Je suis allongée au bord d'une piscine. Mon maillot noir fétiche. Deux-pièces. Je l'adore. Il fait partie de chacun de mes voyages. Lui écrire pour être en contact. Le sentir. Lui écrire que je suis à Marrakech. Que lui écrire ? Je ne peux pas. Il ne faut pas. Je me force à ne pas lui envoyer d'e-mail. À tout hasard, je regarde s'il ne m'a pas écrit… Non, rien évidemment. Bien sûr. Aucune raison de le faire. Je suis dans une forme d'attente, oui et non. Oui, car j'attends. Inconsciemment. L'impatience m'agite. Non, car je sais que je cours après quelque chose qui ne fonctionnera pas. J'espère en vain, déjà. C'est un homme marié qui attend un autre enfant. Depuis combien de temps sont-ils ensemble ? Est-elle blonde ou brune ou rousse ? Jeune, vieille, de son âge ? Petite, moyenne, grande ? Ronde ? Mince ? Maigre ? Douce ? Qui est-elle ? La prend-il dans ses bras ? À cet instant ? À cette minute, lui dit-il qu'il l'aime pour toujours ? Comment est-il avec elle ? Avec les autres en général ? Dans la vie ? Comment est sa maison ? Originale ? Classique ? Rangée ? Et son lit ?

Comment est son lit ? Ses draps ? Quelle lumière ? À quoi pense-t-il quand il s'endort ? Quand il se réveille…

Mes e-mails envoyés, professionnels, administratifs, et pourtant remplis de lui en secret. Partir me faire masser. Il y a, ici, dans cet hôtel, paraît-il une masseuse exceptionnelle. J'ai juste le temps avant que Sophie n'arrive. Je traverse l'immense jardin. Toutes les roses sont écloses. C'est simplement magnifique, féerique. Une heure de détente absolue. La masseuse est en effet très douée de ses mains, un fluide particulier, sensoriel, thérapeutique. Ses mains parcourent mon corps. Je sens tous mes muscles se décontracter, s'apaiser. J'adore me faire masser. Si je pouvais, je le ferais tous les jours, chaque jour de l'année. Je connais des personnes qui détestent cela, être massées, comment peut-on ne pas aimer enlever les nœuds, les tensions, les douleurs, tout ce qui nous encombre. Prendre soin de soi. Une odeur de jasmin, des bougies parfumées allumées, et des sons délicats telles des notes de musique, étrangères, venues d'ailleurs. Je suis bien. Tout simplement bien.

La caresse-t-il ? Là, en ce moment… Je ne veux pas y penser, et pourtant c'est plus fort que moi. Comment lui fait-il l'amour ? L'embrasse-t-il ? Fort ? Comment ? Des images me traversent l'esprit. L'aimera-t-il toujours ? Ou pour seulement quelque temps… J'imagine leurs week-ends, leurs soirées, leurs vacances, quelque part face à la mer… J'aimerais savoir et pourtant bien sûr ça ne me regarde pas, aucunement. Ce n'est pas mon histoire, mais bel et bien la sienne, la leur. Je n'ai pas à savoir. Me dira-t-il un jour ? Me dira-t-il un jour combien d'histoires il a eues, combien de femmes a-t-il tenues dans ses bras ? Je sais bien que ça n'a pas de sens de songer à tout ça, mais je ne peux m'en empêcher, c'est ainsi. La masseuse souffle les bougies, le massage est fini. Le temps de me diriger vers le restaurant de l'hôtel. Sophie va maintenant bientôt arriver si son vol n'a pas de retard.

Je m'installe à une table sur le côté. Tout à coup j'aperçois un visage que je connais. Je ne sais plus exactement d'où je connais cette personne, mais je sais que je la connais. On se regarde, on se scrute. Brusquement, je me décide à aller lui parler.

« Bonjour. Excusez-moi, mais je crois qu'on s'est déjà vus... ?

– Oui, parfaitement. Nous nous sommes connus adolescents, nous avions une quinzaine d'années. Tout un groupe sur la même plage. Untel, Unetelle...

– Quelle mémoire ! Oui, maintenant je me souviens ! Parfaitement !

– Faut croire que nous n'avons pas changé ni l'un ni l'autre ! »

Sa femme me plaît aussitôt. Le genre de personnage que j'apprécie, regard franc, direct. Souriante. Je propose alors :

« Si vous voulez que nous prenions un verre en fin de journée, début de soirée... ?

– Avec grand plaisir ! Disons vers 19 heures sur l'autre terrasse ! La terrasse blanche. »

J'adore rencontrer des gens, retrouver des gens. Échanger. Trouver, se retrouver, chercher.

Sophie arrive. Elle traîne une énorme valise rouge. Elle porte une robe rouge, des sandales rouges. Plates. Un sac à main rouge. Un manteau rouge sur son bras. On dirait un coquelicot qui marche. Une fleur qui arrive. Nous nous serrons tendrement dans les bras, un court laps de temps.

« Comment vas-tu ? Quel plaisir de te retrouver ici ! Je file à la réception et j'arrive ! »

Sophie a l'air en forme. C'est vrai que c'est chouette de se retrouver ici. Se voir dans un autre cadre, un autre endroit, un autre contexte.

Sophie est journaliste. Écrivain et journaliste. Elle a écrit deux romans. Deux romans dans lesquels je n'ai rien compris véritablement de ce qu'elle cherchait à dire, à exprimer. Elle a un caractère plutôt fort que j'apprécie. Elle est spontanée. Nous nous sommes connues à 9 ans, à l'école. Fidèles nous sommes en amitié. On ne s'est jamais perdues de vue. Et lui, est-il fidèle ? Tant de questions sans réponses… Pense-t-il à moi ? Sophie me surprend dans mes pensées. Elle me connaît parfaitement.

« À qui penses-tu ? Cachottière ! Espèce de cachottière ! J'ai l'impression que tu me caches quelque chose… »

Je ne réponds rien et me contente de sourire. Il est mon secret. Mon jardin secret. Nous parlons tranquillement d'autre chose. Déjeuner très agréable, à l'ombre de la tonnelle. Il fait 28 degrés. Je déteste déjeuner en plein soleil. Sophie a envie de me parler du livre qu'elle est en train d'écrire. Elle veut l'appeler *La Photo de classe*. Elle est retombée sur un cliché d'école de notre enfance. Nous sommes en cours préparatoire. Ça lui a donné une idée. L'héroïne déciderait de rechercher tous les élèves présents sur cette photo cette année-là. Quarante ans auraient passé. Quarante ans ont passé. Chercher. Se mettre en quête des souvenirs pour avancer autrement. Voir le destin particulier et unique de chaque être, de chacun des personnages présents sur cette photo. Certains sont peut-être déjà morts. D'autres auront réussi magnifiquement, d'autres absolument pas, tout est déjà écrit sur leurs visages, petits. Mariés. Enfants. Célibataires. Seuls totalement. Sans amis. Sans famille. Sans rien. Dans le vide et le rien. Ou dans l'opulence totale de tout et de la vie. Sophie est une mélancolique au fond, une nostalgique, qui ne sait pas de quoi. Je la découvre brusquement plus sensible, quelque part plus profonde. Est-ce sa dernière histoire d'amour qui l'amène à changer implicitement ? Histoire d'amour qui périclite depuis des mois. Elle s'ennuie avec lui mais n'arrive pas à le quitter. Elle n'est plus dans l'histoire depuis longtemps mais ne parvient pas à prendre une décision véritable. Un pas en avant, deux pas en arrière. Puis un temps de pause plus ou moins long. Un lien obscur les lie tous les deux, apparemment. Elle me raconte que lui aussi lui parle de séparation régulièrement, plus ou moins calmement, plus ou moins violemment. Tel est leur mode de fonctionnement. Combien de temps faut-il pour se séparer, pour prendre une décision, être sûr que c'est la bonne décision ? Oui, combien de temps faut-il ? Et lui, s'il devait se séparer, un jour, peut-être, combien de temps lui faudrait-il ? Quel serait le déclic ? Le moteur ? Le cheminement ? Et de nouveau, c'est reparti, je délire encore. Rien ne s'est passé entre nous, rien qu'une heure de rencontre, rien ne se passera probablement jamais, et malgré tout, malgré moi, je m'obstine à y penser… Fixation.

Paul et Sophie avaient décidé de vivre ensemble et puis ils font à nouveau vie à part, appartements, éloignés de quelques rues, tout en dormant plusieurs fois par semaine l'un chez l'autre. Ils ne savent plus s'ils sont ensemble ou séparés. Ils sont perdus, paumés. Un équilibre déséquilibré. Sur un fil. Plus de désir réel, réciproque, de construire ensemble quelque chose mais ils sont là, certains jours, à aimer encore faire l'amour tous les deux. Ils s'engueulent pour des broutilles un jour sur deux, plusieurs fois dans le week-end. C'est absurde. Inutile. Mais ils persistent. Pas de conseil évidemment à donner, malheureusement, à Sophie. Qui sait pour les autres ce qu'il faut faire… Seul le cœur parle. Se recentrer sans se mentir, se mettre à poil devant la glace. Chacun est libre, je ne suis pas dans la vie de Sophie, je ne suis pas dans son histoire mais je l'écoute, je suis là pour ça. Je suis son amie. J'aime écouter les gens, l'être humain m'intéresse, à jamais. Comme lui. Oui, je le sais. Je le ressens. Tout le monde n'a pas une bonne écoute des autres. Car la plupart du temps, tout le monde s'en fout de tout le monde, en long, en large et en travers. C'est triste mais souvent ainsi. Pas le temps, pas envie.

Sophie n'aime pas que je la regarde de cette façon.

« Ne me regarde pas comme ça ! Même si tu ne dis rien, tout se voit dans tes yeux, dans la moindre expression de ton visage. Je te connais par cœur, Adèle ! Mais je sais, c'est clair, je sais que tu as raison ! Je sais qu'il faut que j'arrête avec Paul, que je stoppe tout. Mais… Mais… Regarde, déjà je suis partie sans lui là, non ? C'est un exploit pour moi ! »

Elle rit alors d'elle-même. Elle sait malgré tout avec le recul sur elle-même.

Et lui, part-il ce week-end avec elle ?
Lui, lui, lui, lui, lui…

Nous décidons de prendre le café au bord de la piscine, faire les starlettes de pacotille, lunettes de soleil et crème solaire. J'ai trop chaud. Je me lève pour me rafraîchir dans l'eau plutôt froide. C'est bon. J'adore l'eau. Ce premier élément de la vie. Je ferme les yeux en nageant. Ses yeux noirs sont là partout dans ma tête, partout autour de moi. Je pense à lui. Fort. Partirons-nous un jour tous les deux en week-end ? Une échappée, un secret, un aparté. Je rêve d'un espace-temps avec lui… quelques jours, quelques instants, véritables. Impossible de raconter cela à Sophie. Je l'entends déjà :

« Mais n'importe quoi ! Espèce de folle ! Pas toi ! Tu es en train de tomber amoureuse d'un homme marié, et en plus, d'un type qui attend un enfant ! Ça va bien sinon ? Tu veux être malheureuse ? Souffrir ? Perdre ton temps ? Espérer pour rien ? En vain ??… Tu es complètement à côté de la plaque, ou quoi ?? »

Je sors de la piscine et je me tais. Nous parlerons d'autre chose, de tout et de rien, plutôt de rien. Sophie s'est endormie. Je file dans ma chambre car à cet endroit-là, il n'y a pas de réseau. Aucun réseau. J'attends un message important pour une bague que j'ai dessinée. Une bague avec un péridot et de l'onyx autour. Je souhaiterais que le modèle soit accepté par cette maison. Ça serait merveilleux. Besoin de cash en urgence. C'est une petite structure que j'aime bien, l'équipe est brillante et sympathique. Ouf ! Belle nouvelle ! *A priori*, ils aiment. Ils me demandent uniquement de redessiner le contour, le lien avec l'anneau. Ce sera fait au plus vite. C'est déjà fait dans ma tête.

Mon portable sonne. C'est lui ! Lui qui m'appelle ! Mais je suis tellement nerveuse que mon portable m'échappe des mains et glisse à terre, agonisant sur le sol. Je n'ai pas le temps de décrocher. Il ne me laisse pas de message. Je m'assois au bord de mon lit. Au bout de quelques minutes, un SMS apparaît.

« Bonjour Adèle »

Qu'est-ce que cela veut dire… Ressentirait-il la même chose que moi… Il n'a pas pu se tromper de destinataire, mon prénom est mentionné dans le message. Que lui répondre ? Peut-être que je n'ai pas à répondre, qu'il n'y a pas lieu de répondre. Non, ce serait impoli, ridicule, absurde, adolescent, je dois répondre.

« Bonjour Victor, comment allez-vous ? »

Un quart d'heure passe, trente minutes, une heure, deux heures, une éternité…

« Je vous souhaite un bon week-end »

Il ne répond pas à ma question directement. C'est une non-réponse que je prends comme telle. Que lui répondre sinon :

« À vous aussi »

Et puis lui écrire… Je vous embrasse fort. Fort. Fort. Je me retiens. Je sors de ma chambre, titubante et heureuse. Qu'est-ce qui se passe ? Pense-t-il à moi autant que moi à lui ? Je retourne au bord de la piscine. Sophie est réveillée. Elle est au téléphone, contrariée, nerveuse. Son visage a changé. Aussitôt, je comprends bien évidemment qu'elle est en ligne avec Paul, son faux mec, son faux fiancé, son faux tout. Elle raccroche. Je ne lui demande rien. Je ne lui pose aucune question.

« J'en ai ras le bol ! Vraiment ras le bol ! » lance-t-elle presque rien que pour elle. Elle a le visage déchiré.

Paul est un lâche, un faux derche total. C'est comme ça en tout cas que moi je le perçois : un hypocrite, un profiteur et un menteur. Joli portrait, non ? Je ne l'aime pas du tout. Il a été marié une petite dizaine d'années à une cloche parfaite, sur qui malgré tout il se reposait totalement, quand ça l'arrangeait, dans tout ce qui l'arrangeait. Une fille soumise, crédule, il pouvait tout lui faire gober, avaler. Elle ne mouftait pas. Jamais. Totalement résignée. Elle se croyait amoureuse de lui. Elle n'était que victime de sa perversité et de ses basses et plates saloperies. Sophie est tombée sur ce personnage un soir, dans un bar. Beau parleur, il l'a séduite avec des phrases à deux balles et hop ! C'était foutu. Il la prenait dans ses bras, sûr de lui il l'avait embobinée avec ses dents blanches. Au départ tout marchait bien, pour le mieux, enfin elle y croyait, s'en persuadait. Ça la rassurait plus exactement d'y croire, de croire à nouveau à « l'Amour », ou à une histoire de cul. En définitive il la désirait mais ne l'aimait pas, elle, naïve, ridicule, prenait cela pour de l'amour avec un grand A. Ce n'était que du sexe, du plaisir physique, de l'alchimie sensuelle. Il lui a menti dès le début, il revoyait ses ex-maîtresses sans aucun problème, aucune conscience de rien, en n'en ayant absolument rien à foutre d'elle et de ce que cela pouvait lui faire, de ce qu'elle pouvait ressentir. Lui ne ressentait rien, donc pour lui personne ne ressentait jamais rien. Jamais. Son monde à lui était factuel, basique, matériel, matérialiste, superficiel. Tout était calculé, rien n'était senti, ressenti.

La personne la moins sensible que j'ai croisée dans ma vie. Rien à faire de rien ni de personne, mais comment Sophie pouvait-elle croire qu'avec elle il pouvait être et faire différemment d'avec les autres ? C'était sa nature, sa personnalité, son caractère, un point c'est tout. Sophie perdait son temps avec quelqu'un qui n'en valait pas la peine et qui lui faisait surtout un mal infini. Elle souffrait mais elle restait.

Je lui annonce que tout à l'heure, nous prendrons, si elle le souhaite, un verre avec le couple allongé là-bas, non loin de nous. Je lui raconte quel souvenir nous lie. Ça lui changera les idées. À moi aussi. Car voir Sophie souffrir encore une fois pour ce con devenait pour moi tout à fait insupportable et grotesque. Pas dispo vraiment, moi non plus, pour perdre du temps à refuser de croire en l'amour, simplement parce que l'on se trompe de personne. Mais lui, lui… Pourrait-il me faire croire à l'amour ? Me redonner du souffle, de l'espoir, de la confiance en l'Amour ? Même si au fond de moi, l'amour est la seule chose à laquelle j'ai toujours cru profondément. Oui, l'amour, une histoire d'amour, ma foi absolue au sens de la vie. La seule chose qui fasse qu'on a les yeux qui brillent, comme au printemps les jonquilles, qui fasse qu'on se sente vivant. L'amour est un jour d'été. Ressentir à nouveau. Vibrer. Tout le monde ne fait pas une belle rencontre. Tout le monde n'a pas cette chance. Il n'y a pas d'amour réel sans belle rencontre, sans la rencontre qui fait la différence. Lui était ma différence. En tout cas je le ressentais ainsi. Et je n'y pouvais rien.

5

Ce soir, Sophie est habillée en noir. Talons hauts. Robe noire, archidécolletée, cheveux attachés, collier noir, boucles d'oreilles noires, bague noire et or. Presque radieuse si et seulement si elle ne pensait pas à Paul. Il ne va quand même pas nous gâcher la soirée à distance ! Merde !

Un vent léger, chaud, nous effleure. Le couple que nous devons retrouver est déjà là, assis. Marc et Nina. À droite de la terrasse du soir. La terrasse blanche. On les rejoint. Tout le monde sourit. Politesse. Sympathie. Pour des raisons différentes, l'idée est de passer un bon moment. Se sentir en week-end, en vacances, loin des tracas quasi permanents et multiples de l'écriture, du stress, loin du quotidien. Rosé, mojito, coca et rosé. *Chokran !* Curieusement, c'est Nina qui parle en premier. Elle ouvre habilement la discussion. Nina est une fille gaie, pétillante, précise dans ses termes. Le regard droit, malin, vif. Le couple semble lié, complice, très amoureux peut-être même. Mais on n'est jamais à l'intérieur d'un couple, dans son intimité réelle… Ils sont ensemble depuis sept ans. Mariés depuis cinq. Deux enfants. Ah non, pas tout à fait. Le fils aîné est d'un autre lit. C'est elle qui rectifie. Lui dit :

« Mais tu sais bien que je le considère comme mon fils, totalement comme mon fils. Son père est inexistant à tout point de vue… Alors… Il est comme mon fils bien sûr !! Le vrai père est celui qui élève. »

Nous nous rappelons quelques souvenirs de notre enfance, nos 15 ans, nos 16 ans, nos 17 ans. La Bretagne au mois d'août. Carnac, la Trinité… La mémoire nous revient en parlant, en nous souvenant, en rebondissant l'un et l'autre sur des jours et des nuits, des heures sublimes, simples de jeunesse. Nina a l'air au courant de toute la vie de Marc. Elle est là, l'écoute tendrement. Ses souvenirs ne la dérangent pas. Il parle pourtant de toutes ses ex-copines de l'époque. La confiance mutuelle paraît forte et fait du bien à voir. Marc semble pourtant quelqu'un de plutôt réservé aujourd'hui, dans tout ce qu'il dégage. C'est un homme élégant, attaché indéniablement au moindre détail vestimentaire, presque féminin sans faire efféminé. Il travaille dans l'immobilier. Il a sa propre agence boulevard Saint-Germain depuis quelques années. Nina, elle, travaille dans le cinéma comme maquilleuse. Ça marche très bien pour elle. Ils restent ici une semaine. Ils adorent Marrakech et viennent plusieurs fois par an se ressourcer ici et toujours dans le même hôtel depuis son ouverture en 2013.

Puis tout à coup, je sursaute. Une voix féminine, une voix féminine appelle :

« Victor ! Victor ! Victor ! Viens ! »

Marc, Nina, Sophie, tous voient mon visage changer. Tout le monde voit que je sursaute, que je me retourne, que je cherche. Victor serait-il là ? Ici ? À Marrakech ? Serait-il là en même temps que moi ? J'en rêve. J'en crève. J'ai peur qu'il soit là. J'ai peur d'être déçue qu'il ne soit pas là. La vérité c'est que je redoute qu'il soit là avec elle. J'ai peur de le voir avec elle, enceinte, tellement enceinte, tellement amoureux d'elle et elle de lui, peur de les voir tous les deux. M'a-t-il vue tout à l'heure et c'est pour cela qu'il m'a envoyé un message, ce message :

« Bonjour Adèle »

Est-il là lui aussi à Marrakech ? Je buvais une gorgée de rosé comme de l'eau. Me désaltérer. J'ai la bouche sèche. J'ai le cœur qui bat. Je ne vois personne marcher, courir, chercher quelqu'un. Je ne vois pas qui a crié, qui a pu crier. Je regarde autour de moi. Tout paraît calme. Tout semble normal. Mais putain ! Qui a crié ? Qui ? J'ai entendu son prénom.

« Ça va, Adèle ? »

Sophie m'attrape le bras, me prend le bras, me serre le bras.

« Adèle ? Adèle ? Ça va ? Qu'est-ce que tu as ? Qu'y a-t-il ? »

Je tombe à terre. D'un coup. Évanouie. Je viens de le voir. Là, là dans mes yeux : lui. Telle une diapo, un flash, une photo. Il est là comme une mélodie qui revient, Julien Clerc années 1970. « Niagara »…

Personne n'a crié. Personne. Il est là comme une chanson qu'il chanterait dans mon âme. Est-il là ? En vrai ou seulement dans ma tête ? Seulement dans mes rêves ? Est-il cet homme que j'ai croisé, rencontré, un peu, juste un peu ? Et si c'était moi cette femme qui avait crié tout à l'heure pour qu'il m'entende d'ici jusqu'à lui, jusqu'à l'endroit exact où il est sur la Terre et dans sa vie.

6

Besoin de gentillesse et de calme. Besoin de choses simples et de calme. Besoin d'évidence et de calme. Comme une alerte. Être entendue. Comprise. Je m'occupe de tout, de tout le monde, qui s'occupe de moi ? Je fais assistante sociale, psy, pour tant de personnes, mais quand j'en ai besoin, qui est là ? Tout le monde s'en fout éperdument. Mais qu'importe, qui a crié ? Et si cette femme qui a hurlé c'était moi ? Combien de temps encore sur la Terre nous reste-t-il tous les deux ? Combien de temps à partager avant la fin ? Un type arrive et s'assoit à côté. Il est vicieux, adipeux, dégueulasse. T-shirt sale, pantalon sale, tongs. Il est venu faire quoi ici... Je m'égosille dans ma tête et je l'appelle. Victor...

Un souvenir de ma mère me revient : elle. Elle toujours. Elle la mère, elle mon obsession. Elle, ma mère. Sa peau est douce et toujours bronzée. Une peau du Sud. C'est vital pour moi de la toucher. Je maintiens ainsi le lien, le contact. Cordon ombilical. Ma mère est de dos, je ne vois pas ses yeux. Alors je les dessine souvent... Maman est allongée sur son lit, sa chambre est grande. De grands rideaux de satin rose poudré tombent à terre, des coussins de fourrure sont dispersés sur le lit. À droite, une coiffeuse ancienne, où certains bijoux sont posés. Elle est là, lascive, dans ses pensées, le regard vague. Ailleurs, dans son monde intérieur.

Décor similaire, couleurs similaires, ma chambre ici est rose poudré. L'atmosphère ici me ramène donc à mon enfance. Comme un défilé de photos dans mon cerveau, toute ma vie défile. Qu'est-ce qui m'a marquée ? Autant ? Si fort ? Ma mère ne s'occupait pas de moi, et alors ? D'autres étaient là pour ça. Non, je n'ai pas manqué d'amour, d'affection, de sécurité, de confiance. Non. Non ! Je vous dis que non ! Je me parle toute seule quand je me réveille. Je viens de faire un cauchemar. Suis-je éveillée ? Je ne sais pas. Je ne sais plus. Je suis là absente. Je ressemble à ma mère tout à coup. Je passe un bon moment avec eux tous les trois, absente cependant. Quelque chose m'a fait disjoncter quelques minutes. Rien de grave. Juste un malaise vagal. Un médecin est là. Petite chute de tension. Je récupère assez vite. Ça m'arrive quelquefois et puis, il est indéniable que je manque de sommeil depuis des mois et des mois.

Nous passons à table. J'ai même l'impression d'avoir un peu d'appétit. Un tajine de poulet au citron me fera du bien. Le service est souvent très long à Marrakech. Et ici comme ailleurs. Je vois Sophie se détendre elle aussi. La compagnie de Marc et de Nina est très agréable. Tout à coup, le visage de Nina s'illumine. Elle se lève d'un bond.

« Non ! Non ? Incroyable ! Mais qu'est-ce que tu fais là ? »

La scène se passe derrière moi. Je ne me retourne pas. Je ne sais donc pas qui vient d'arriver. Marc se lève également, apparemment il a l'air très heureux de voir cette personne. Je connais cette voix. Je reconnais cette voix. Je regarde Sophie comme en attente de capter dans son regard : Qui arrive ? Sophie a l'air bizarre, subjuguée, fascinée, émerveillée. Groupie de 15 ans…

« Mais qu'est-ce que tu fais là, Jean ? T'es en tournage ici ou…

– Non, non, je suis venu pour un mariage dans la palmeraie qui a eu lieu hier et je prolonge de quelques jours. Salut Marc ! Tu vas bien ?

– Oui, super ! Super !

– Je te présente une vieille amie, enfin vieille, façon de dire, une amie de Marc, Adèle, et son amie Sophie. »

Je vois alors Jean. Jean Kayne… J'adore cet acteur. Je l'aime pour son côté complètement décalé et la gentillesse que son sourire inspire. Nous nous saluons.

« Bonsoir Adèle ! Bonsoir Sophie ! Enchanté. »

Aucun son ne sort de ma bouche. Je souris simplement.

« Tu as dîné ? Ça te dit de te joindre à nous ? »

Jean me jette un regard, intense.

« Oui, avec grand plaisir. J'ai juste un coup de fil à passer. »

Il s'éloigne d'une dizaine de mètres. Il est maintenant face à moi. Je le regarde. De dos. Je l'observe. Il se retourne, tout en parlant au téléphone, nos yeux se croisent à plusieurs reprises. Je baisse les yeux. Sophie a l'air et l'attitude d'une gamine en effervescence. Elle me surprendra toujours. J'adore ! Elle qui dit sans cesse que tout se lit sur mon visage. C'est l'hôpital qui se fout de la charité. Enfin bon… Elle rit fort, elle parle fort, je ne l'ai jamais vue comme ça. Même si c'est indéniable que Jean Kayne est un acteur fabuleux dans son style, et que physiquement il est juste à tomber… Qui pourrait ne pas fléchir sous son charme magnétique, animal, sauvage, masculin ? Sa sensualité unique, voluptueuse et érotique.

« Ça fait des années et des années qu'on se connaît avec Jean ! Je l'adooore ! Il est d'une gentillesse précieuse », s'exclame brusquement Nina.

Elle en a les yeux qui pétillent encore plus qu'à son habitude. Elle est vraiment heureuse de le voir en disant cela avec douceur et vivacité. Moi je me sens en complet décalage. Je n'ai pas envie de parler. Je souris et c'est mon grand maximum. Rester polie. Le regard de Jean qui me fixe et me brûle avec intensité me dérange, me séduit et m'attire. On dirait pourtant que je fais à moitié la gueule sans savoir pourquoi, sans raison…

Jean revient, le serveur lui avance une chaise. Il s'assoit. Il est face à moi. Je le regarde. Je l'écoute. Tout le monde l'écoute. Il fait l'acteur, l'acteur comme font les acteurs. C'est plus fort qu'eux. Il joue son propre personnage. J'aime le théâtre, le cinéma, alors bien sûr il me séduit par cela. Il est drôle. Gai. Sophie rit de plus en plus fort. Si elle pouvait lui sauter dessus, sans aucun doute elle le ferait. Enfin c'est l'impression que cela donne. Je la trouve même plutôt agaçante. Elle en fait des tonnes et des tonnes. Jean ne la regarde pas. Oh, une petite fois par-ci par-là bien sûr. Donc elle rit fort pour attirer son attention. Il s'en moque, il s'en fout. Pas de doute, Jean est un séducteur, un vrai séducteur. Il en a l'habitude, la maîtrise, l'art et la manière. Il sait parfaitement comment agir, comment faire pour séduire femmes, jeunes filles, vieilles dames, jeunes hommes, hommes, chaises, strapontins et même poissons rouges éventuels. Le moment est tout à fait inattendu. Loufoque. Surprenant.

« Et vous, Adèle ?

– Oui ?

– Vous êtes arrivée quand ? » me demande-t-il tout à coup.

Sophie répond pour moi en me coupant la parole sans crier gare.

« Elle est arrivée il y a trois jours et moi à midi aujourd'hui. Avec Air France ! »

Jean la regarde gentiment.

« Et vous repartez quand, Adèle ? »

Il me sourit et j'adore son sourire. C'est doux. Doux à regarder, doux à observer. Oui, son sourire me fait du bien. Le sourire de quelqu'un : le meilleur remède du monde contre tout, le plus beau langage du monde, dans toutes les langues de l'univers on peut tous le comprendre.

Jean raconte histoire sur histoire, anecdote sur anecdote, blague sur blague. Il est intarissable. Quelques secrets de polichinelle du cinéma français, des situations de vaudeville, du pur Sacha Guitry. Puis il se met à imiter un présentateur TV. C'est moi qui éclate de rire, impossible de m'arrêter. Sophie me regarde alors, furieuse. Dans sa tête, elle se dit :

« Arrête de faire la maligne ! Arrête de prendre toute la place ! Comme toujours, t'exagères ! »

Je la sens contrariée, plus que contrariée, énervée, jalouse. Oh mon Dieu ! La jalousie, quelle horreur ! Pas elle ! Ah non, pas elle ! Elle ne m'a jamais fait un truc pareil. Je m'en fous, moi, de ce type. Il me fait rire, c'est tout. Il me change les idées, là, ce soir, ici et maintenant. C'est tout. Il est drôle. Tout le monde n'est pas drôle, tout le monde ne sait pas faire rire. Et là, j'ai envie précisément de rire, de m'amuser. Je prends tout au sérieux la plupart du temps, au tragique, mélodramatiques sont souvent mes pensées. Idées noires. Le verre à moitié vide plutôt qu'à moitié plein. Je suis une réaliste pessimiste. Donc une chiante la plupart du temps, une vraie chieuse. Des années sans optimisme, oui madame, oui monsieur, ça fatigue et ça claque, ça désespère, ça épuise, ça fait faire des malaises en plein soleil. Jean est là et me fait rire et me permet de ne pas penser à lui, lui Victor, qui s'en tape complètement de ma pomme. Passer un bon moment. Rebondir. Prendre ce qu'il y a à prendre sans culpabiliser. Être dans la réalité, arrêter d'être dans le rêve, l'imaginaire. Avoir les pieds sur terre : la réalité c'est que je suis ici avec un type, célèbre mais ça je m'en fous, mais qui me fait me tordre de rire, qui arrive à me faire décrisper mes satanées mâchoires. Et c'est chouette cet inattendu-là ! Si Sophie ne m'avait pas proposé de partir, donné l'idée de partir à Marrakech, je ne serais pas tombée sur Marc que je n'avais pas vu depuis plus de vingt ans, pas rencontré sa femme Nina, petite perle de gaieté, et pas rencontré Jean ce soir. Succession de rencontres, mouvement perpétuel des rencontres, du fil de la vie, conducteur invisible et si réel. Ça ne s'arrête jamais. La vie, c'est fait pour vivre ! Vivre ! Vivre ! Et il est hors de question que je m'en prive dorénavant. J'ai été pendant trois ans avec un homme qui m'a empêchée d'être qui je suis, alors maintenant *stop it*, en avant la vie ! Ce que je demande, et que je veux, c'est vivre ! Vivre et c'est tout !

7

On a quitté la table. Il n'y avait plus personne au restaurant à part nous.
Les lumières sont baissées, certaines éteintes. L'obscurité, ou plutôt un clair-obscur règne.

J'ai voulu fumer une, deux, trois cigarettes encore. Marc et Nina sont allés se coucher en se donnant la main. Je les aperçois regagner leur chambre par l'allée principale. Ils étaient beaux à regarder à s'en aller ainsi main dans la main dans la nuit.
J'ai bien aimé cette image-là. Sophie a reçu un appel de Paul. Ce soir, miracle, il est adorable avec elle. Apparemment, il lui disait des mots d'amour, ceux qu'elle veut entendre. Il sait donc le faire quand il veut. Il doit surtout s'ennuyer pour ne pas dire autre chose tout seul à Paris, donc il l'a appelée. Mais Sophie est heureuse. C'était peut-être le principal. Elle se persuade, c'était son choix, son destin. On l'entendait rire. Et elle s'est éloignée, un peu plus loin, un peu plus loin… elle aussi dans la direction de sa chambre. J'ai envie d'un dernier verre mais le bar est fermé. Alors Jean me propose d'aller sur sa terrasse, petit minibar dans sa chambre. Je dis oui. Je n'ai pas vraiment envie de boire un dernier verre… D'ailleurs j'ai bu de l'eau. On est rentré dans sa chambre. Il m'a prise dans ses bras, fort, de plus en plus fort. Contre le mur il me serrait, et me donna un vrai baiser de cinéma. C'était certainement du vent, du toc, mais c'était bon. J'ai adoré sa bouche aussitôt, et sa langue enlacée contre la mienne. Il m'embrassait le cou, les épaules. Ma robe s'est ouverte. Nous avons fait l'amour. Toute la nuit et c'était merveilleux. Son parfum sur ma peau, là…

Là… Partout. Il m'a caressé les pieds, il remontait doucement, tout doucement, le long de mes chevilles, le long de mes jambes. C'était délicieusement sensuel. Il m'envoûtait physiquement et tout était naturel. Je le regardais les yeux dans les yeux, et sa queue dans ma bouche. Oui, nous avons fait l'amour toute la nuit, sans rien savoir rien de l'autre, et pourtant c'était comme si nos corps se connaissaient depuis toujours, et nos âmes aussi. L'autre savait pour l'autre ce qu'il aimait, voulait, espérait. C'était une évidence. Une rencontre évidente. Écrite comme au cinéma quand tout se passe bien. Un scénario où tout est facile, un peu à l'eau de rose, mais facile enfin. J'étais tellement dans ses bras, j'étais tellement bien, en paix. Qu'allions-nous faire de cela ? Ni lui ni moi ne nous posions, à cet instant précis, la question.

Jean venait de quitter sa femme quelques semaines auparavant, pour personne. Il l'avait quittée pour personne. Il était parti, c'est tout. Il en avait marre. Il ne la supportait plus. Donc il était parti avant de ne plus du tout l'aimer et de ne garder d'elle, d'elle et de lui ensemble que des mauvais souvenirs. Il avait fait le choix de partir. Il était donc libre et moi aussi. Notre histoire pouvait exister dès maintenant, aussitôt, tout de suite, sans torture, ni attente. Ça pouvait ressembler à un rêve mais ce n'était que réel. J'ai dormi dans ses bras, totalement dans ses bras, et il m'a serrée fort contre lui toute la nuit…

8

C'est maman qui a crié hier soir. Maman qui m'a appelée depuis les étoiles pour me dire… Victor… Victor… Victor… n'est pas un homme pour toi. Allez Adèle, pars vite ailleurs. On ne tombe pas amoureuse d'un homme qui n'est pas libre ou amoureux d'une femme qui n'est pas libre. Il faut partir, courir, s'en aller, fuir. On ne va pas avec un homme marié.

Oui, maman, comme une étoile, un soleil à jamais pour toujours, un soleil véritable : une mère. Une seule. Ma mère. Je ne l'ai pas toujours écoutée. J'aurais dû. Aujourd'hui je le sais. Une mère sait toujours pour ses enfants. Toujours. Parfois, une mère ça énerve, ça agace, ça saoule, c'est totalement pénible, mais parce qu'une mère sait pour nous. Homme ou femme. Une mère ressent à l'infini, totalement et tout en douceur. Le truc c'est qu'on ne veut pas toujours savoir, on croit être grand… Elle ouvre sa gueule d'une façon ou d'une autre, elle s'exprime même en silence, même dans le silence le plus total. On croit qu'elle se tait mais elle parle. Même la plus silencieuse, elle parle avec ses yeux, et toutes ses expressions invisibles, implicites, sous-jacentes, de son corps, son allure. Elle dit, veut être entendue et comprise. Même maladroite, une mère est juste et précise dans ses expressions, dans ses pensées pour ses enfants. Ma mère et ses yeux verts, vers l'intérieur d'elle-même, vers son mystère de femme, ses mystères de fille, puis de mère.

Ma mère a les yeux verts comme un poème. Ma mère n'est que silence, absence dans la présence, et pourtant maman est là comme une étoile pour me protéger. Ma petite maman, ma belle maman, ma douce maman. Maman ne parle pas, elle se tait. Elle se tait ou elle crie. Oui, c'est elle qui a crié. Elle dans sa bulle depuis des lustres de cristal. Maman adorait Marrakech, se perdre là-bas. Se retrouver là-bas. Sans le savoir je l'imite, je fais comme elle. C'est ma mère.

Nous sommes fâchées avec maman depuis des mois, des années, un temps irréel, un temps que je ne sais plus aujourd'hui. Je lui en voulais parce qu'elle se mêlait de mes histoires de cœur. Et d'une particulièrement. J'avais 19 ans et des brouettes et j'étais une orgueilleuse car je croyais, comme une idiote, que je savais tout de la vie. J'étais sortie avec un garçon et ma mère l'avait traité de petit minable. Alors j'étais partie pour lui.

Et je ne suis jamais revenue. J'en voulais à ma mère mais le problème c'est qu'en définitive elle avait vu juste… En revanche, je n'ai jamais su revenir. Je ne savais plus comment faire pour la recontacter. C'était trop tard. C'était foutu.

Et puis maman est morte. Je ne l'ai même pas su. Tout le monde me l'a caché. Tout le monde après a estimé que cela ne valait pas la peine de me prévenir parce que ça faisait tellement longtemps que je ne prenais pas, plus de ses nouvelles, que je n'avais pas pris le temps de lui dire maman je t'aime encore, encore et à jamais. À cause d'un malentendu on s'est perdues de vue et on ne s'est jamais revues. Aujourd'hui maman me parle de là-haut, assise sur le bord de la lune, elle veille sur moi encore. Elle est assise, les jambes dans le vide, elle les balance comme une petite fille assise, rêveuse et belle. Belle comme la pleine lune, comme un soir de nouvelle lune. Maman est là à Marrakech avec moi. Oui, elle est morte ici, elle est tellement morte ici quand nous nous sommes fâchées… Quand je suis partie… Quand j'ai tout fait pour partir... Et ne plus lui parler... Quand j'ai tout fait pour lui cracher au visage tous mes silences, tout son silence... Elle est partie vivre à Marrakech peu de temps après et elle est morte, morte de chagrin. Son cœur a lâché, un soir, un soir en dormant, dans son sommeil. En plein sommeil sous le soleil de Marrakech. Maman est morte un peu marocaine, un peu étrangère, maman est morte ailleurs. J'aurais dû... Mais c'était trop tard. Est-ce qu'on meurt vraiment ? Est-ce que la mort existe ? Et si la mort n'existait pas...

« En vrai ?... C'est pour de faux que t'es morte, dis-moi maman que c'est pour de faux ?... Dis-moi que tu reviens tout à l'heure. Encore me dire bonne nuit, me prendre dans tes bras... Maman, je vais jouer à la marelle, de la terre jusqu'au ciel vers toi. Y croire... Maman, si la vie n'était que du théâtre, du cinéma, comme Jean me le dit, me le raconte, et si Jean avait raison ? Hein, maman ? Peut-être qu'il a raison, Jean ? Mamaaan ! »

Les gens n'ont pas toujours tort, les gens ne sont pas toujours méchants, moches, dégueulasses, perfides, mesquins, cons, débiles... Jean le raconte dans ses histoires, de belles histoires.

Mes jours sont délicieux ici à Marrakech grâce à cette rencontre inattendue avec Jean, car grâce à cette rencontre, je viens de te retrouver, toi. Enfin, je te retrouve. Tu es là, partout. Absolument partout à chaque fraction de seconde, à l'ombre de chaque palmier, de chaque rose. Je sais que tu me vois être heureuse, heureuse enfin ! Avec un homme ! Heureuse pas dans le silence, pas dans le secret, non pas dans le mensonge, pas dans le vaudeville. Je suis aimée sans cinéma par un acteur que j'aime aussi, que j'aime tellement. On s'aime et on est heureux. On ne fera pas d'enfant. Je ne peux plus en avoir et lui il n'en veut plus, ça tombe bien. Même un karma de merde finit par changer de cap. Les miracles existent bel et bien. Je vis une comédie romantique, glamour. Je suis épanouie en accord total avec moi, avec tout mon être. On se fait du bien. Notre seul but, objectif, est de nous rendre heureux l'un et l'autre, de tout faire pour. Je vis les jours les plus heureux de ma vie. Jean est mon amour. Il ne cherche pas à me faire du mal, à me blesser, à me fragiliser, à me détruire. Il ne pense qu'à me rendre heureuse de façon simple, dans la gentillesse. Ce mot si souvent oublié aujourd'hui. La route a été longue jusqu'au bonheur. La route a été longue jusqu'à cette jolie rencontre. Mais à présent, c'était le bon moment pour le rencontrer, lui.

« T'as fait combien de rencontres, toi, dans ta vie maman ? Combien avant de monter au ciel ? Qui habite avec toi là-haut ? Maman, t'es plus seule, t'es pas seule, je suis avec toi depuis la Terre jusqu'à toi. Il n'y a jamais de fin. Il n'y a pas de séparation. Il n'y a que des rencontres et des retrouvailles. Je t'aime, Maman. »

9

Petit déjeuner. Le temps est un peu couvert aujourd'hui. Jean est parti courir. Je me dirige seule vers le restaurant. Terrasse du petit déjeuner. Marc est seul devant son ordinateur. Nina dort encore.

« Salut Adèle ! » Il se lève pour m'embrasser.

Nous avons tous prolongé notre séjour. Nous sommes trois jours après, trois jours plus tard. Notre serveur préféré s'avance vers moi et me sert le jus d'orange des délices et un double expresso. Le portable de Marc vibre sur la table.

« Attends… Excuse-moi, Adèle.
– Je t'en prie…
– Allô ? Oui, salut, je suis à Marrakech. Oui, top ! Avec Nina évidemment. Oui, oui, je lui dirai tout à l'heure que tu l'embrasses. Tu connais Nina ! Elle dort encore bien évidemment, une vraie marmotte. Donc… Écoute… Je viens d'avoir mon collaborateur. Il y a un appartement qui pourrait te convenir… Oui, très lumineux… Oui, jolie vue… Oui, tu peux aller le visiter. Téléphone directement à l'agence, je l'ai prévenu de ton appel… Mais… Sans indiscrétion… Tu veux redéménager… Pour quelle raison ? Je ne veux pas être indiscret mais je dois t'avouer que lorsque j'ai lu ton mail hier soir, j'ai été très surpris. C'est quoi l'idée ? Non ? C'est une blague ? Je ne sais pas pour toi… Oui, j'entends que tu as pris ta décision mais pourquoi elle t'a fait croire qu'elle attendait un enfant ? C'est dément… Écoute, Victor, on se voit quand je rentre. »

J'ai entendu toute la conversation, forcément. Qui est ce Victor ?

Jean revient. Il boite. Il vient de se fouler la cheville… Pas grave, mais… Rien n'arrive jamais par hasard.

Marc est perplexe suite à sa conversation téléphonique. Il ne fait aucun commentaire sur la conversation qu'il vient d'avoir. Jean me serre dans ses bras et m'embrasse tendrement.

« Quelle connerie ! Un caillou ! Juste un caillou ! Bon, un peu d'arnica et ça sera bon. »

Nina arrive. Nous commandons d'autres cafés.

« Ma chérie, tu sais quoi ? Je viens d'avoir Victor au téléphone et…

– Je sais, je suis au courant. Je l'ai eue, elle, au téléphone à l'instant. Elle est effondrée. Il vient de faire sa valise. Il est parti…

– On peut le comprendre.

– Oui, c'est sûr… Quelle idée elle a eu de lui faire croire qu'elle attendait un enfant, c'est insensé. Elle m'a dit qu'elle trouvait qu'il avait changé depuis quelque temps et qu'elle redoutait quelque chose… Qu'il parte, qu'il la quitte… Bah là, elle ne s'est pas trompée, il est parti. Et je connais bien Victor : il ne reviendra pas. Sa décision est prise et irréversible. »

Je fume une, deux, trois cigarettes. À suivre… Puis nous allons dans la chambre, notre chambre. J'ai abandonné la mienne. Je fouille dans ma trousse de toilette et trouve un tube d'arnica gel. Je masse le pied de Jean, la cheville de Jean… À qui je pense ? Où en suis-je ? Je ne sais plus.

10

Toute bagarre est inutile.

Il n'a aucune éducation, il n'a aucune notion de rien, aucune éthique. Sophie vient de recevoir un long message de Paul. Il l'a à nouveau insultée, déboussolée, ce type est décidément d'une insolence et d'une confiance en lui absolues ; ou plutôt non. Pour agir, réagir de la sorte, c'est qu'il a besoin de se prouver des choses. On ne sera jamais quelqu'un en voulant écraser quelqu'un d'autre.

Sophie deviendra-t-elle comme sa mère ? La mère de Sophie est morte elle aussi. Elle ne l'a jamais connue heureuse. Elle était devenue une femme de reproches et de méchanceté, d'aigreur et de paroles acides, de violence permanente. Une femme malheureuse qui se plaignait toujours. Elle avait mal au pied, à la tête, aux hanches, à la chatte. Elle avait mal d'avoir raté sa vie.

Elle avait fait une rencontre pour de mauvaises raisons et tout avait foiré pour de bonnes raisons. Elle en voulait à la terre entière de s'être trompée sur elle-même.

À force de morfler pour Paul, si ça continue ça finira par l'anéantir entièrement. Un pur pervers narcissique, ce mot galvaudé, à la mode… Il joue au chat et à la petite souris avec elle. Il passe ses nerfs sur elle et revient comme si de rien n'était, comme si rien ne s'était passé, comme si c'était elle qui était folle, comme si elle débloquait. Comme si c'était elle la dingue. C'est ça que Paul raconte à qui veut bien l'entendre. Il ne veut rien écouter, il fuit les problèmes, les problématiques, et préfère en permanence accuser les autres. Tout est toujours de la faute de tout le monde, jamais de la sienne. Lui il est blanc comme neige, pur, impeccable. Aussi, il sait trop de choses sur elle, alors dès qu'il peut, il s'en sert à mauvais escient. C'est son arme, il se sert de tout ce qu'il sait d'elle pour lui faire mal, la blesser, l'humilier, la ridiculiser, la fragiliser. Il lui ressort de vieux trucs de son enfance, les confidences qu'elle a pu lui faire les soirs où elle se sentait en confiance lors d'un bon dîner et quelques verres de bordeaux. Il lui balance vacherie sur vacherie comme on fout un coup de poing dans la gueule de quelqu'un, mais en arrivant par surprise. Sophie est K-O, estomaquée une fois de plus, mais pas encore une fois de trop. Elle est là avec ses larmes qu'elle crie, avec ses larmes qui la défigurent dans un cadre idyllique. C'est absurde. Elle est là, prisonnière de lui, lui qui la détruit, la condamne à ne pas pouvoir avancer, qui l'enferme, la séquestre dans le malheur et l'inutile des douleurs. Comme un boulet à sa cheville il l'enferme dans ses chaînes. Elle ne peut avancer.

Coquette, à l'extrême, elle se déguise, fait semblant d'aller bien, mais en vérité est à bout de souffle, au fond du gouffre. Puissante, la dépression est là, imminente. Elle est là, prisonnière de leur séparation qui n'arrive pas à naître en tant que telle. Paul ! Lui qui a eu une enfance et une adolescence complètement inachevées, avec des traumatismes profonds non dits, des névroses mortifères, malsaines, décadentes. Sa mère ? Une vraie folle pour le coup. Une dangereuse. Une vicieuse. Une mauvaise. Pas une femme, pas une mère. Elle n'avait de cesse de le détraquer pour en faire son jouet. Le père était absent six mois de l'année. Elle considérait son fils comme son homme, son amant, son amoureux, son fils, son homme à elle rien que pour elle à jamais. Quand le mari revenait après six mois… Elle abandonnait son fils, Paul, absolument sans scrupule, naturellement, et le reprenait de la même façon dans son lit pour pallier alors le manque affectif que son mari laissait à son départ. Elle remplissait le vide, l'absence de son homme par son propre enfant, un petit homme en devenir. Bien évidemment, à 40 ans, Paul n'était toujours pas construit, pas tout à fait un homme : mais un adolescent attardé, capricieux, qui piquait des crises et tapait du pied quand les choses ne marchaient pas dans son sens. Aussi, il avait besoin de plaire sans arrêt (et non pas de séduire), pour se rassurer. Un homme-objet comme il avait été le fils-objet, le doudou de sa maman. Donc, dès que Sophie avait le malheur de faire quelque chose qui le défrisait, un scandale se préparait à la seconde. Son père absent ne lui avait pas donné l'exemple d'un homme, les belles qualités d'un homme. Quand son père rentrait, il ne jouait pas avec son fils, car il ne savait pas qui était son fils. C'était un inconnu. Il ne le connaissait pas, il ne le voyait pas grandir, il ne prenait pas le temps de passer du temps avec lui pour aller vers lui, le retrouver. Son père passait l'après-midi au lit avec sa mère. Paul entendait des bruits bizarres de l'autre côté de la porte. Son imaginaire était en branle. Il détestait son père. Il voulait le tuer. Sauver sa mère. Sauver sa mère qui criait de l'autre côté de la porte. Mais la porte était fermée à clé et Paul ne pouvait pas entrer la sauver. Son père, puisqu'il faisait crier sa mère, était donc un méchant, un méchant qui faisait mal à sa mère. La mère ressortait de la chambre, la gueule de travers, le brushing à l'envers, le rimmel dégoulinant avec un sourire d'andouille (mais ça elle l'avait naturellement, sans se forcer). Petite bourgeoise de province proche, persuadée d'être heureuse, persuadée de vivre pleinement avec sa fausse bague de fiançailles de mauvaise qualité qui faisait comme si elle était la plus heureuse des femmes. Persuadée d'avoir tout pour être heureuse : une maison de plouc, un jardin de plouc, un portail de plouc, et un plouc qui rentrait la sauter comme un héros tous les six mois. Elle se croyait supérieure à tout le monde, d'une assurance et d'une mauvaise foi hors normes, hors compète. Parti de ce constat, le pauvre Paul, enfin tout est relatif, avait tout de même des bases de départ « plutôt pas terribles ». Sa vision de la vie, de la vie du couple et de l'amour ne pouvait être que très médiocre… Et plouc aussi. Sa mère devint rapidement à ses yeux une salope, en résumé une femme, et toutes les femmes le seraient par la même occasion. Il allait vouloir les dominer à tout prix, les attaquer, les abîmer, les détruire, par tous les moyens. Au fond de lui, ce n'est pas forcément ce qu'il aurait aimé développer, mais son propre destin ne lui avait proposé et offert que des images pathétiques. Il n'avait jamais tenté la moindre démarche pour se débarrasser de ces vieux concepts et fléaux qui le rattrapaient en permanence. Il avait vu de l'amour moche, il ne savait donner que de l'amour moche, purement égoïste, donc pas de l'amour. Non, il ne savait pas aimer.

Il ne savait pas non plus qui il était. Il savait en revanche qu'il était seul, vraiment seul… Un héros de roman à sa façon… « Quoi de plus seul qu'un héros ? » comme l'écrivait si bien Boris Vian[1]. Sa façon d'aimer n'était que solitude, rejet profond du cœur des autres, de Sophie ou de n'importe qui. Oui, il détestait le bonheur des autres, leur joie de vivre. Tout était effet de miroir et le renvoyait à lui. Il était tellement mal dans sa peau, mais il refusait de l'admettre, alors il faisait chier tout le monde. Là, Paul voulait lui gâcher ses vacances. C'était clair, limpide. Il marquait

1 « C'est drôle… dit Wolf. Cette réaction contre la tendresse, ce souci du jugement d'autrui, c'était un pas vers la solitude. Parce que j'ai eu peur, parce que j'ai eu honte, parce que j'ai été déçu, j'ai voulu jouer les héros indifférents. Quoi de plus seul qu'un héros ? » Boris Vian, *L'Herbe rouge*.

sa présence même là, dans l'absence. Mais nom d'une pipe, quand Sophie le comprendrait-elle ?

Elle part écrire dans un hôtel, au bar d'un autre hôtel. Elle me dit qu'elle a contacté un détective privé : l'agence Michel. Elle a le nom et le prénom de tous les élèves avec qui nous étions en classe cette année-là. En CP. École Bossuet. Rue Madame. Saint-Germain-des-Prés. 75006. Le détective lui a dit que ça serait une mission assez simple. Une petite semaine, quinze jours maximum pour retrouver tous les enfants présents sur cette photo. Savoir déjà qui est vivant ? Qui est mort ? J'ai trouvé la formule plutôt rude. Mais c'est ainsi, c'est la vie. Sophie m'épate. Elle a raccroché, essuyé ses énièmes larmes et décidé de se mettre au boulot et d'écrire ce livre : *La Photo de classe*. Le sujet va forcément plus me parler que ses deux précédents romans de science-fiction, philosophico-ratés, là c'est un retour en arrière mais pour connaître l'avenir des autres qu'on a connus un jour. Un an passé ensemble dans la même classe. Elle a emporté la photo avec elle. Elle me la montre à nouveau. Je suis émue, car moi j'ai perdu cette photo. Ma mère, un soir de pétage de plombs, après une rupture, un soir un peu trop alcoolisé, a brûlé toutes les photos de la maison ou presque. Tous ses souvenirs, tous mes souvenirs. Et le lendemain, a… *of course*, regretté. Mais c'était ma mère, avec ses hauts et ses bas, ses rires et ses humeurs, ses piques et ses caresses. Ma mère, quoi ! Mon héroïne. Elle vivait tout plus fort que les autres, les émotions, oui elle les vivait encore plus fort que les autres. Tout à l'extrême, à fond, sans filtre, sans se protéger, alors parfois elle recevait des éclats en pleine figure. Elle s'en étonnait, presque offusquée d'avoir encore pris cher, mais c'était son prix à payer à elle. Elle ne savait vivre et être qu'ainsi : à cent pour cent et toujours plus. Pour en revenir à la photo, nous sommes exactement vingt-six dessus. Une date est écrite sur le dos à droite : Paris, le 17 janvier 19.. C'est étrange… C'est le même jour où je l'ai vu lui, lui Victor, pour la première fois, lui cette rencontre d'une heure. La date revient aussitôt. Je l'avais pourtant oubliée, pas retenue, en tout cas pas le chiffre. Je regarde tous les visages de ces enfants que j'ai connus, comme Sophie, avec Sophie. Je les regarde, je les observe. Que sont-ils devenus ? Elle, la petite à droite avec ses yeux qui louchent, elle à gauche avec son menton en avant, lui, tout pâle, tout vide, elle avec ses yeux bleus incroyables, ou celui-là encore… Tous les noms sont inscrits à l'arrière. Je suis triste sur cette photo. Mon père est parti depuis Noël. À Noël. Le soir de Noël. Drôle de cadeau. J'ai vu ma mère effondrée, crier, vomir ou je ne sais quoi encore à cause de lui. Il m'a dit qu'il reviendrait. Je ne l'ai jamais revu de ma vie. Depuis je n'aime pas trop Noël, c'est bizarre je ne sais pas pourquoi ! Je déteste voir Sophie pleurer, ça doit me rappeler ma mère à Noël. Quelle drôle de photo de classe ! Quelque chose m'intrigue, je ne sais pas quoi.

11

Je n'ai envie d'absolument rien faire aujourd'hui. Juste rester là à côté de Jean, l'embrasser, le caresser. Envie de soleil. De ne penser à rien. Jamais ça ne m'arrive : me poser. Tout poser, faire une pause. La journée passe à un rythme marocain, sans stress, à deux à l'heure. Chacun de notre côté plus ou moins. Jean doit travailler. Apprendre son prochain rôle. Il tourne la semaine prochaine à son retour en Italie. Je dessine dans ma tête, j'essaie de trouver une autre idée pour une bague si la première marche bien. Créer, trouver, se retrouver. Turquoise et lapis-lazulis, une bague de mer et de ciel. Je l'appellerai « La Bague de Ma Mère ». Jean me regarde. Il s'est allongé à l'ombre sous un parasol. Il me sourit. Je ressens la douceur de ses yeux. Puis il se concentre, se reconcentre, j'aime le voir travailler là, à quelques mètres de moi, indépendant. Ensemble mais solitaires. C'est chouette la vie quand c'est chouette en énergie positive ! On l'oublie souvent, mais tout peut arriver quand on ne s'y attend pas. Un détail qui fait tout basculer, tout s'accélérer. Quelle scène étonnante ! Jamais je n'aurais imaginé, pu m'imaginer me retrouver à côté de cet homme que je ne connaissais pas avant de partir, pas du tout mon genre de tomber dans les bras « d'un inconnu » le premier soir. J'étais là en vacances avec lui à vivre des jours divins. Dans ma tête, la cheville et le visage de Victor demeuraient malgré tout. Je ne pouvais demander à Nina et à Marc si leur Victor était mon Victor ? Et si c'était simplement le destin ? De quelle manière habile et fine trouver le moyen de leur poser la question ? Attendre. Attendre encore. Ce serait un hasard tellement curieux. Quoi faire ? Je ne savais rien de ce qui allait se passer. Peut-être étais-je pour Jean juste une distraction de vacances, un amour de vacances… Même si ses paroles étaient plus que rassurantes et aimantes, depuis longtemps les « paroles, paroles » des hommes me faisaient surtout penser à Dalida. Tous ces gens qui disent quelque chose et qui font exactement le contraire.

J'étais tombée amoureuse d'un homme et j'étais là en train de vivre quelque chose avec quelqu'un d'autre, à la fois pour me persuader que Victor était une idée impossible et également parce que Jean était devenu depuis quelques jours et quelques nuits mon acteur préféré du cinéma de ma vie. Les choses avec lui étaient esthétiques en permanence, tout ce que j'aime : le beau, la beauté, l'harmonie des scènes du quotidien.

12

« Parce que j'en ai marre de vivre à côté d'un homme. Ce que je veux, c'est vivre avec lui. »

Dan Franck,
La Séparation

Fin d'après-midi. Jean est parti faire du sport. Je suis toujours au bord de la piscine à lire. Je relis *La Séparation* de Dan Franck. En fait, ce bouquin me fout le cafard. Heureusement que je suis dans un autre état d'esprit : de bonne humeur sur la vie.
Sophie, jour bleu des pieds à la tête. Elle m'a toujours fait rire avec ses thématiques de couleurs poussées à l'extrême.

« Tiens chérie, j'ai un cadeau pour toi ! Un cadeau intéressé pour te dire la vérité ! Ahah !! »

Sophie me tend une enveloppe. Je l'ouvre. À l'intérieur, la photo de classe. Sophie m'a fait une copie, dans le quartier du Guéliz, elle a cherché pendant des heures un photographe capable de la reproduire rapidement, et est tombée sur un studio tenu par un Français. Elle s'assoit, fait un geste à notre serveur préféré, thé à la menthe, cigarette.

« Chérie, aide-moi s'il te plaît pour mon bouquin. Écrivons-le toutes les deux.

– T'es folle ! Tu n'as pas besoin de moi pour le faire.

– Si ! Si, justement ! Aide-moi à me souvenir, de détails, de bribes, de moments... Je ne sais pas, moi ! Des trucs qui t'ont marquée cette année-là. Je vais écrire mon roman autour de toi. En plus maintenant que tu sors avec un acteur qui est dingo de toi !

– Ahah ! Très drôle !

– Non mais sérieusement. Aide-moi à me souvenir ! Offre-moi tes souvenirs ! Fais travailler ta mémoire ! Y a pas que le cul dans la vie !

– Non mais ça va, oui ?!

– Oh, je rigole !

– Bon, comme je préfère te voir rigoler que chialer, je te pardonne !! »

Je lui fais un clin d'œil, nous rions, amies, complices.

« Mais tu veux que je me souvienne de quoi ?

– Eh bien, je ne sais pas. Je sais en revanche que tu vas m'aider, que tu peux m'aider. C'est toi qui vas m'apporter une clé, m'ouvrir une porte. Regarde toutes ces belles portes à Marrakech ! Allez, aide-moi s'il te plaît ! Sérieusement, j'ai besoin de toi. »

Je regarde la photo. La photo de classe. Je ne réponds rien. Je vais réfléchir.
La nuit ne va pas tarder à tomber. Je sors de la douche. M'habille. Jeans. Chemise blanche. Veste de smoking noire. Mes boots de cow-boy parisiennes. Mon parfum. Je m'apprête à rejoindre tout le monde sur la terrasse blanche, comme un rituel. Mais… Quelqu'un frappe à la porte. Je suis persuadée que c'est Jean même si je suis étonnée qu'il frappe. J'ouvre. Une femme d'une soixantaine d'années est là devant moi, les cheveux blancs, sublime, simplement sublime, de grands yeux bleus comme le ciel bleu. On se regarde.

« Ah… Excusez-moi… Bonsoir, j'ai dû me tromper.
– Bonsoir. Je vous en prie. Ce n'est pas grave. »

La femme part. Le visage de cette femme vient de me perturber. Je ne sais absolument pas pourquoi. Ses yeux me disent quelque chose. Quelque chose, mais quoi ?

13

Le jour du départ approche. Nous partons tous demain. Des avions différents. Des horaires différents. Dernière soirée ce soir tous ensemble.
Je veux voir Victor. Je ne peux m'en empêcher encore et encore. Je pense à lui fort. J'ai tellement envie de le revoir. Retomber dans ses yeux. Que fait-il ? Où est-il ? Est-il à Paris ? À la campagne ? À la montagne ? À la mer ? Fait-il du tennis, du bateau, du golf… Un barbecue… Un scrabble ?!
On ne peut pas reprocher au soleil de briller. Victor était mon soleil. J'avais beau être, croire être heureuse, je pensais à lui. J'avais beau être entourée de mon amie Sophie, et d'une nouvelle histoire, l'être de Victor revenait tout entier.
La soirée s'est passée. Je faisais semblant de rire. Mais déjà je ne riais plus. Je donnais le change. Même si la semaine avait été chouette et m'avait bien changé les idées, ces putains d'idées noires qui m'arrivent quand le doute surgit. Terrible. Anxiogène.
Je devais écouter ma mère : oublier Victor. C'était mieux. C'était sage. Un homme était doux ici avec moi et me proposait de passer du temps avec lui, mais au fond de moi, ce n'était pas cela que je voulais. C'était le retrouver Lui, lui l'autre. Ça peut paraître bizarre, incompréhensible. Je ne voulais plus avoir mal, croire encore pour rien, espérer pour rien et me fracasser la tête. Une déception de plus n'était pas envisageable. Alors je me raisonnais ! La blague ! L'inverse de moi : vivre raisonnablement n'avait jamais été pour moi d'un grand secours. Je ne voulais pas en parler. Personne n'aurait compris. Personne ne pige tout à fait la vie de quelqu'un d'autre, on a déjà tant de mal avec la nôtre. Alors les pseudo-conseils de n'importe qui, je m'en fichais.

Je n'en voulais pas. Et pourtant, la seule que j'écoutais là, c'était ma mère. Toujours ma mère.
Le seul à qui j'aurais dû en parler aussitôt, c'était Victor. Lui dire, lui exprimer mes sentiments. Mais c'était évident qu'il aurait eu peur. Il aurait fui aussitôt, pris ses jambes à son cou. Les hommes craignent souvent de trop forts sentiments, soudains d'autant plus. Ils ont alors l'impression de ne pas pouvoir « gérer », ils se sentent dominés, piégés, ou je ne sais quoi encore. C'était pourtant simple, j'avais eu un véritable coup de foudre pour lui et cette pensée ne me quittait plus. J'avais tout fait pour me persuader du contraire, même tomber dans les bras d'un autre homme, mais secrètement je n'étais qu'avec lui. Un amour caché. Totalement caché. Non vécu. Non réalisable. Il était marié et puis je ne voulais pas avoir mal.

Jean a réussi à trouver une place d'avion afin que je prenne le même vol que lui à 17 h 45. Nous sommes rentrés à Paris. Partie seule retrouver une amie, j'avais retrouvé un ami d'enfance, rencontré un homme, et je n'avais voyagé qu'avec Victor. Victor et sa cheville, la peau de sa cheville... ne m'avaient pas quittée un seul instant. Un détail...

***

En amour on se raconte des histoires. Il y a des gens qui aiment et ceux qui sont amoureux de l'amour. Victor ne lui avait jamais donné d'espoir. C'est elle, Adèle, qui avait bâti une histoire d'amour autour de sa cheville, un roman. On ne construit pas une vie sur un rêve. La vie n'est pas un rêve mais une réalité. La cheville de Victor avait été là pour la faire rêver, et ce rêve avait été doux et magique. Mais cela n'était qu'un rêve. Adèle s'en va avec Jean. Elle vient d'accepter sa proposition de partir avec lui en Italie.

Elle continuera de rêver à la cheville de Victor, marquée par ce souvenir parce que cette image-là avait bien été réelle. Et lui, le temps d'un livre, son héros.

***

14

Au moment de partir à Rome… J'ai craqué. Je n'ai pas pris l'avion. J'avais réussi à me déclencher de la fièvre, des maux de ventre… Enfin une bonne raison inventée devenue réalité pour m'empêcher de partir le jour même. Prendre du recul. Je ne m'en sentais pas capable.

Je suis restée pour Victor. Le voir. Le revoir. Savoir qui il est. Le connaître. Prendre le risque de recevoir une baffe, une claque. Si je pensais si fort à lui, peut-être pensait-il si fort à moi.

Et puis surtout : il était temps de grandir, pourquoi serait-ce ma mère qui aurait raison ?
Victor était peut-être malheureux dans sa vie, dans son histoire. Peut-être qu'il s'ennuyait mortellement, qu'il se cherchait des distractions pour l'éviter, la fuir le soir, les week-ends. Peut-être que lui aussi rêvait à autre chose, d'autres choses pour les prochaines années de sa vie. Sans savoir exactement quoi ni avec qui. Il en était peut-être à sa deuxième ou troisième femme, et n'avait aucune envie, en cas de séparation, de se tromper encore. Peut-être qu'il faisait la tête sans arrêt en sa présence, taciturne, morose, peut-être qu'il redoutait quand il rentrait chez lui de la voir encore. De la voir encore là. Là, sous le même toit que lui.

Le seul moyen de savoir ce qu'il vivait, et ce qu'il se passait dans sa tête, était de maintenir le rendez-vous, notre rendez-vous à son bureau. J'étais déterminée. Les choses étaient claires dans mon esprit. J'avais eu un coup de foudre et je devais aller au bout de ce coup de foudre.

J'étais dans le taxi. Retour d'Orly. Le jour se lève à peine. Je laisse derrière moi Jean qui me sourit malgré tout, le regard triste. Aller de l'avant. Je n'ai pas à aller en Italie.

Je dois dessiner, redessiner mon sac. Et… savoir qui est cet homme qui m'enivre à ce point. Je rentre chez moi. SMS de Sophie :

« Plein de bonheur ma chérie à Rome ! Ton amie qui t'aime fort !! »

Sophie va tomber des nues.

Je vais encore passer pour une folle mais je m'en fiche. Au fond de moi, autre chose m'appelle, me retient à Paris. Victor… Victor… Victor… Nous avons rendez-vous dans deux jours. Aujourd'hui, je vais laisser la journée passer à être seule. J'en ai besoin. Défaire ma valise italienne. Ranger ma tête, être claire. Je crois en Victor et c'est tout.

Un acteur ! Tu parles d'une idée ! Il m'aurait larguée sur le premier tournage venu. Non, ce n'est pas cela que je veux, dont j'ai besoin. Comment se fait-il que moi qui ne crois plus en rien je puisse croire à une histoire avec un homme avec qui il ne s'est strictement rien passé. Strictement rien. Je ne crois plus en l'amour mais je crois en lui. Alors je fonce et je n'écoute pas ma mère.
Je veux essayer. Tout faire pour. Me donner une chance. Croire en cette chance de l'avoir rencontré. Avoir la foi. Croire. Croire que le coup de foudre existe.

Même si je ne crois pas du tout à la fidélité d'une seule histoire d'amour, d'un être unique.

15

Victor est chez lui. Un grand appartement dans l'Ouest parisien. Cinquième et dernier étage. Espaces ouverts. Moderne. Lumineux. Traversant Est-Ouest. Large canapé. Grande table basse. Quelques bougies blanches parfumées au thé vert. Belle énergie. Il est assis à lire sur un des sofas. Le bas de son pantalon légèrement remonté sur la jambe gauche. Sa cheville apparaît comme à son habitude… Adèle n'est pas là pour le voir. Cependant, il ne sait pas que c'est ce détail infime, autre qui l'a troublée, envahie d'amour. Sa peau est douce c'est sûr, c'est une évidence. Victor lit tout en pensant à elle. Oui, à elle, Adèle. Il se dit que c'est absurde, qu'il n'a pas à penser à cette femme aperçue sur qui il divague. Il est là chez lui et c'est dimanche. Sa femme est sortie avec les enfants, retrouver une copine au parc Monceau. Il est là à rêver, il imagine. Il est beau habillé tout en noir sur son canapé noir. Il est beau mais il ne le sait pas, il ne sait plus autant qu'il l'est. Plus autant qu'avant. Un homme ça doute, ça a besoin d'être rassuré il paraît… Une femme aussi, non ? Qu'est-ce que c'est idiot ces phrases-là, toutes ces pensées toutes faites. Mais bon… dans ses yeux, il a besoin d'amour, il semblerait. Il a l'air en attente, il a l'air et il l'est. Il veut la revoir. Il a hâte.

Qui est-elle ? Qu'est-ce qu'elle devient ? Que fait-elle aujourd'hui ? Ce soir ? Lui aussi, terriblement, se pose des questions. Il n'a aucune certitude. Ressent-elle quelque chose pour lui ? Est-elle libre ? Totalement libre ? Il a essayé de prendre des informations en vain avec le copain qui les a présentés mais ce dernier n'est pas vraiment fiable, pas objectif, donc sans intérêt. Un coup d'épée dans l'eau. Et puis à quoi bon ? C'est à lui seul de savoir, d'aller voir, de la découvrir. Il se demande ce qui lui a plu chez elle. Qu'a-t-elle de différent des autres ? Qu'a-t-il ressenti ? Ce qu'il a su lorsqu'elle est partie, c'est qu'il n'avait qu'une envie : la revoir. Aussitôt. Elle lui manquait. La revoir au plus vite. Sans perdre de temps. Sans laisser passer de temps. Oui, vite la revoir. La connaître. Apprendre à la connaître.

Il sort alors sur son balcon-terrasse. Il regarde l'horizon. Il fait beau. Vivement la semaine prochaine.

16

Un rêve. C'est juste un rêve. C'est ce qu'il se dit le matin en se réveillant. Un rêve simplement. Il ouvre les yeux. Ouf, tout est là ! Son décor, ses repères, son monde intérieur matériel. Il est chez lui. Sa femme est à côté de lui encore endormie. Il est dans sa maison, sa chambre, son lit, il a donc tous ses repères ! Vraiment ouf ! Soulagement ! Il n'est pas parti pour cette inconnue ! Cette « chère inconnue » comme l'a écrit Benjamin Biolay dans ce magnifique texte. Il est là en pleine maîtrise de lui-même.

« Totor, fais pas l'con ! Tu vas pas tout foutre en l'air pour une femme qui passe dans ta vie. »

C'est comme ça que son père lui aurait parlé s'il était encore de ce monde. On ne brise pas ce qu'on a construit depuis des années pour quelqu'un qui débarque de nulle part, un idéal à deux balles, un idéal qu'on croit.

« Tu te rends compte du truc, du bordel ! Non, mais ! Redescends vite de ton rêve, Totor ! Redescends, fiston ! Redescends ! Qu'est-ce qu'il t'arrive ? T'as craqué ton slip ! La crise de la quarantaine ! N'importe quoi, vraiment n'importe quoi ! »

Oui, c'est ça que son père lui aurait dit. Il lui aurait parlé cash, franc, direct, sans chemin détourné.

« Qu'est-ce que c'est, cette manie d'aujourd'hui ? Se séparer ! Divorcer ! On doit rester même si on se les brise, même si nos rêves nous racontent une autre histoire qui nous fait du bien la nuit. L'herbe n'est jamais plus verte dans le pré d'à côté. Parfaitement qu'on doit rester ensemble même si on s'emmerde. Rien n'est jamais parfait. Il n'y a pas d'idéal. La vie, ce sont des arrangements, des compromis. Un point c'est tout ! »

Victor se souvient de son père, de ses propos toujours précis, de ses conseils aussi ; il se souvient également qu'il n'a jamais voulu lui ressembler. Non pas pour des raisons déterminées, mais juste pour être différent de lui. Mais là il devait se souvenir de lui pour se rassurer, pour se persuader de ne pas commettre d'erreur, ne pas se mettre dans une situation inextricable tout seul. Pourtant son rêve était beau. Son rêve a perduré toute la nuit, son rêve l'a emmené dans les étoiles, l'a fait voyager avec elle sur un fil. Son rêve était un rêve tellement bien. Il se voyait rire, sourire, s'épanouir, marcher avec elle main dans la main, un truc à l'eau de rose comme son parfum qu'il avait senti, gardé en mémoire. Il se retournait parfois dans la rue croyant que c'était elle, qu'il venait de la croiser. Il devait oublier, se défendre d'elle, se protéger. Tout faire pour retomber amoureux de sa femme. L'admirer. À aucun niveau, sur aucun plan, ne pas laisser la moindre petite place à Adèle, en rien. Que cette femme ne prenne aucune place, aucun espace-temps dans son cerveau. Il fallait à présent qu'il fasse la liste de tous ses défauts évidents, de tous ses travers terribles et impensables. Qu'il l'oublie là maintenant au réveil et pour toujours ! Qu'il annule ce rendez-vous qui ne correspondait à rien. De toute façon, ça servirait à quoi ? La revoir pour quoi faire ? Pour en faire quoi ? Non, arrêter le rêve maintenant ! Maintenant ! À la minute, à la seconde. Être fort. Décidé. Convaincu. Se protéger d'elle qui l'attirait tellement. Faire une croix dessus. Victor embrasse aussitôt sa femme. Elle se réveille à peine. Il se lève, file dans la cuisine une serviette grise autour de la taille. Capsule Nespresso une. Il boit son café. Capsule Nespresso deux. Deuxième tasse. Retourne dans la chambre.

« Tiens, chérie.

– C'est pour moi ?... Tu vas bien ?... dit-elle étonnée.

– Oui... Oui... Ça te dirait Rome le week-end prochain ? »

Sa femme le regarde interdite. C'est elle pour le coup qui ne sait pas si elle rêve, si elle rêve ou non. Depuis des semaines, Victor est loin, absent en permanence au propre comme au figuré. Stressé, stressant. Elle mettait cela sur le compte professionnel, les affaires. Victor n'est pas du genre à parler, enfin à lui parler. Ils ne parlent pas le même langage, c'est toujours ce qu'il s'est dit, alors, très tôt il avait lâché l'affaire et ne lui faisait plus aucune confidence, ne lui livrait plus aucune de ses émotions, de ses désirs ou inquiétudes. Un fossé s'était créé sans qu'ils s'en aperçoivent. Enfin, façon de parler. Ils en avaient forcément conscience. Ils se mentaient. Surtout lui. Victor n'est pourtant guère du genre à mentir, surtout lui, à se mentir, mais là il ne savait pas comment faire. De la pudeur, une certaine forme de timidité l'habitait parfois. Être mesuré, ne pas tout dire, ne pas tout exprimer, ne pas tout révéler, il en avait pris l'habitude avec sa femme à force de ne pas se sentir entendu et compris. C'était devenu ainsi. Il ne parlait plus des choses qui lui faisaient de la peine, ou pire encore, de celles qui lui donnaient de la joie de vivre. En secret, il avait des rêves qu'il taisait. Il avait perdu l'espoir d'être écouté par une femme. Il en avait fait le deuil. Comme si Adèle pouvait être différente ! Adèle était une femme plutôt pas mal, mais pas non plus extraordinaire, était une femme intelligente mais pas non plus extraordinaire. Elle était... À l'imparfait déjà. Adèle avait un caractère complexe, compliqué, pénible, horrible… Oui, c'était sûr ! Alors, vite ! Partir à Rome avec sa vraie femme ! Son père serait fier de lui, de le voir agir, réagir de la sorte. Et pour lui cela valait tout l'or du monde : que son père soit fier de lui. Effacer le numéro d'Adèle de son portable… Mais le problème, c'est que ce n'était pas aussi simple. À l'intérieur de lui. Annuler d'abord leur rendez-vous. Trouver une excuse. Une bonne excuse. Non, lui dire la vérité. Mais quelle vérité ?

17

Je déteste recevoir du courrier. C'est une véritable hantise. Un cauchemar ! Ouvrir ma boîte aux lettres, beurk ! Des factures, des prospectus poubelles, des horreurs qui m'angoissent ! Et là, le summum : une petite lettre recommandée très mignonne. Pffft ! C'est quoi encore, ça ? Je prends le papier et laisse le reste dans la boîte. Bon, aller à la poste. M'arrêter en chemin prendre un café, et aller chercher « je-ne-sais-quoi ». Il y a des gens que ça ne dérange pas trop, tout cet administratif ? Pour moi, c'est un mystère. Je me retrouve au guichet. Pièce d'identité. « On » me donne une grosse enveloppe, épaisse. Je signe l'avis de réception. « Étude de notaire, Maître Alain Taclard. Paris 75003. » Je rentre chez moi. Mes mains tremblent un peu et ouvrent l'enveloppe en la déchirant nerveusement. Que dis-je ? Très, très nerveusement.

« Chère Madame… Après… recherches… longues et complexes… nous avons enfin pu… retrouver… Il s'agit… Votre mère, Madame… née le… à… Je vous prierai de bien vouloir vous mettre en contact avec notre étude le plus rapidement possible… Veuillez agréer, Madame, l'expression de mes sentiments les meilleurs… »

Taratitatatère.

18

Un long message sur mon répondeur de mobile. Sophie est tout excitée. « Son » détective a retrouvé les coordonnées actuelles de tous les enfants présents sur la photo de classe. Vingt-six élèves, dont Sophie bien sûr et moi. Vingt-quatre. Trois sont décédés déjà… Vingt et un. Et un est « introuvable ». Il aurait changé d'identité il y a une dizaine d'années, neuf ans exactement. Les recherches vont prendre un peu plus de temps. Sur la photo il s'agit de Nicolas Carel. Je prends la photo que j'ai rangée dans un tiroir, là dans la cuisine avec différents papiers. Nicolas Carel… Nicolas Carel… Nicolas Carel… Sur la photo, ce petit garçon aux cheveux bruns et au teint mat tourne la tête. On ne voit pas du tout ses yeux. Je n'y avais pas prêté attention jusqu'alors… Pourquoi a-t-il changé de prénom et de nom ? Qu'est-ce qui a bien pu se passer dans sa vie ? Qu'est-ce qui fait qu'on a envie de changer d'identité ? Je regarde fixement ce petit bonhomme en question. Que me reste-t-il de lui ? Quels souvenirs ? Un an passé avec lui… Et la mémoire n'est plus là… C'était il y a longtemps bien sûr, mais le black-out est total. Je ne me souviens plus de lui. Sophie me dit sur son message qu'il n'était plus dans notre école les années suivantes et qu'apparemment il aurait même quitté l'établissement en cours d'année, peu de temps après la séance photo. En février.

Sophie me demande si je me souviens de lui. Et de quoi. Elle veut écrire une histoire entre lui et moi, construire, bâtir un roman sur nous deux. Elle est convaincue que l'histoire est là, que ça peut être une bonne histoire, un vrai roman. La petite brune aux boucles brunes et aux yeux marron tristes et ce petit garçon qui regarde ailleurs et qui ne la regarde pas.

19

Tout se mélange. La lettre de ce notaire concernant ma mère et ses dernières volontés et le message de Sophie concernant la photo de classe. Que faire de cela ? Message de Jean en parallèle.

« J'espère que tu vas bien. Je t'embrasse. »

Je l'efface aussitôt. Sans réfléchir.

20

Lettre de Sophie à Paul

Je pense qu'on s'ennuie un peu, ensemble, un peu beaucoup profondément à la folie. Nous ne sommes pas dans la même vie. Je pense qu'on se ment beaucoup. Vulgairement. Brusquement tout à coup encore davantage. Ce n'est pas drôle, tu deviens fou. On ne s'aime pas. C'est idiot, désespéré. On s'ennuie tous les deux.

Tu me caches trop de choses. Ça fait du carnage, des ravages. À l'amour ça ne rend pas hommage. C'est sale, triste et banal, la vie-ecchymose, ça rend jaloux et débile. On va même jusqu'à se trouver des excuses, des prétextes et des ruses, et ce n'est pas doux du tout. Ce ne sont que des illusions, des désillusions. Sans jamais se trouver, ni se retrouver, on vit en permanence séparé de soi-même et de l'autre. Cela ne sert à rien si on ne se donne pas la main, si on reste chacun dans son coin, dans la chambre, dans le salon, dans la salle de bains. Tu parles d'une vie ! Pas rigolo, tous ces bas et ces hauts, ces je t'aime de crétin pour se rassurer en vain, se persuader de quoi ? Paul, dis-moi ? Tous ces jardins de Bagatelle, complètement irréels et sans appel, où tout se confond et s'emmêle. J'ai envie de m'envoler comme une clé de sol, de me laisser porter par des notes enchantées, et ne plus réfléchir, simplement juste sourire. Je te grille comme une sardine quand tu m'embobines. Tu m'embarrasses. Tu me tracasses. Tu me fracasses. Nous sommes tous les deux à la ramasse. Pas mieux l'un que l'autre. On parle de quoi à part

de toi, sans point de départ, aéroport et quai de gare. Dans le fond, tout ce que tu es me fout le cafard et mon cœur n'est pas heureux. Je veux des sourires en vrai, des paroles justes. C'est inhumain de souffrir, nous, on fait semblant de rire. On fait comme si de rien n'était, comme si tout était parfait alors qu'il n'en est rien. Pas de fin à cette histoire. Encore du rien toujours du rien. Juste un trop tard. Juste adieu car j'en ai marre. Marre.
Sophie

20

On part sur quelque chose d'un peu insipide qui peut devenir de plus en plus rock'n'roll. Juste partir. S'envoler. Assumer. Agir. Décider de vivre autre part. Assumer son caractère et sa personnalité, son destin, agir en fonction. Ne pas avoir peur. Évolution. Révolution. Ne pas subir. Ne pas être victime. Avancer. Marcher. Courir. La lettre du notaire est un tsunami, un big bang dans mon âme, tout mon être. Je suis dans ma cuisine. En quelques heures je me transforme. Rouge, rouge, rouge, rouge toujours. Rouge amour. Rouge passion. J'avance et j'y crois. Je le décide. Ne plus me laisser faire. Ne plus subir. Ne plus admettre sans rien dire. En silence. Mais agir, réagir. Faire face. Qu'est-ce que je fais de tout cela ? Je suis adulte, responsable. Alors je décide. Je n'attends rien de personne. La solution ne viendra que de moi. Avec mes anges. Je décide et je veux quoi ? Aujourd'hui ici et maintenant ? Être en accord avec moi-même. Totalement. Véritablement. Le passé est une rature noire, une mélancolie absurde, une nostalgie médiocre. Mais l'avenir est là. Mon futur à moi. Héritage de ma mère : une lettre de notaire… ?

On cherche tous la créature de rêve, la créature de nos rêves. Ma mère rêvait et n'a fait que rêver toute son existence. Il est où le problème d'avoir envie et besoin de rêver pour vivre et survivre ? Rêver pour avancer, pour y croire. Moi je rêve à sa cheville. Je rêve de sa cheville. Quand on n'a plus de rêve, on fait quoi ? On meurt, non ? C'est que déjà la mort est là, à quelques millimètres. Je rêve à toi, je rêve de toi et te le dis. Je rêve de toi et veux même te l'écrire. Je te l'écris.

22

Victor... Message. Mardi matin. 8 h 55. Il aurait voulu écrire :

« Bonjour Adèle, j'annule notre rendez-vous. Désolé. Bonne continuation. Amitiés. Victor. »

Mais Adèle a reçu :

« Et si nous déjeunions ensemble plutôt qu'un café ? Des carottes râpées quelque part, ça vous dirait ? »

Ça, c'est ce qu'il a écrit mais il aurait voulu dire, hurler : on fait quoi ? On va où ? Dis-moi que la vie c'est maintenant. Dis-moi que toi aussi tu as envie de vivre. Dis-moi que la vie est belle. Dis-le-moi vite. Je veux l'entendre de toi. Donne-moi un rendez-vous, des milliards de rendez-vous. Le temps file, vivons ! Vivons ! Vivons comme jamais nous n'avons vécu. Soyons heureux. Qu'est-ce qu'on veut vraiment dire quand on dit quelque chose ? Qu'est-ce qu'on veut dire quand on ne dit rien ? Qu'est-ce qu'on espère que l'autre entende, comprenne ?

23

Le rendez-vous est maintenu. Le rendez-vous va avoir lieu. Le rendez-vous a lieu demain. On va se voir enfin. Se retrouver. Au bout de combien de chapitres dans nos têtes. Des moments, des épisodes et des heures. Se revoir. Ce n'est plus elle, ce n'est plus lui. Ce sont eux. Adèle-Victor. Deux personnages tout seuls dans leur vie qui s'ennuient même entourés de plein de gens parce que seuls dans leur âme, leur esprit, leurs désirs, leurs référents multiples. Seuls romantiques et punks, conformistes et rock'n'roll, normés et décalés avec leurs valeurs. Voulant se voir, se revoir. Apercevoir leurs yeux. Seuls au monde tous les deux. Pas encore ensemble mais amoureux. Se retrouver mais où ? Comment ? Au bureau faire comme si ? Alors plutôt ailleurs. Se retrouver tous les deux. Tous les deux quelque part.

24

« On a toutes les mémoires mais on a oublié. »

C'est ce que Sophie se dit en se réveillant. Se souvenir. Aller chercher. Se connecter. Se reconnecter avec soi. Ça sera la première phrase de son livre. Il ne faut rien oublier. On sait tout au plus profond de nous. Sophie sait que c'est aujourd'hui le bon moment de rompre avec Paul. C'est maintenant qu'elle doit lui donner cette lettre. Qu'il sache tout ce qu'elle a au fond du cœur. Comment elle a vécu les choses, ce que lui, Paul, lui a fait vivre. Exprimer. S'exprimer. Parler de sa souffrance mais en rire. Se moquer d'elle. Le temps n'est plus à gémir, à se plaindre, à gnangnan, mais à dépasser tout ce qu'elle a été en mesure d'accepter et de supporter. Sauver sa peau ! Elle n'est pas une victime. Elle était juste trop conne d'aimer quelqu'un au cœur sec, c'est-à-dire quelqu'un incapable d'aimer. Quelle drôle d'idée ! Aimer, s'obstiner à aimer quelqu'un d'incapable d'aimer personne, quelqu'un qui n'aime que lui-même. Sans compassion aucune. Sans empathie. S'agit-il vraiment d'un être humain ? Sophie cherchait de l'amour, elle est tombée sur lui sans discernement, comme on glisse sur une peau de banane. C'était logique qu'elle ait des bleus partout, il l'empêchait d'avancer. Ce livre allait être son salut et réaliser les choses telles qu'elles étaient et non comme elle voulait qu'elles soient. Pour elle aussi il était temps de grandir. De quitter les Bisounours et compagnie. *Cendrillon*, *La Belle au bois dormant*, tous les contes imaginés. Quitte à se raconter des bobards, autant écrire un roman tout entier. Ce type était un leurre, un miroir aux alouettes qui dès qu'il le pouvait la fracassait. Stop. Il était temps de dire stop et de passer à autre chose. Il jouait avec ses peurs, s'en amusant, pervers narcissique ayant la palme d'or dans ce domaine. Aujourd'hui, Sophie était lasse d'avoir peur. Elle devait se séparer plus que de lui, d'elle-même, de ce qu'elle croyait être : quelqu'un qui a peur. Il suffisait de souffler dessus, il s'écroulerait encore pris en flagrant délit de mensonges cumulés en un temps record. Les pervers détestent par excellence être découverts. Sophie était enfin centrée et non pas dispersée par Paul : quelle belle nouvelle ! Cette décision de le quitter. Comme ça d'un coup, pof ! Allez hop là ! Ça suffit maintenant ! Du balai ! Elle avait son livre à écrire.

25

L'idée est de se retrouver quelque part. L'endroit véritable où on découvre le plus un être c'est dans son monde, sa maison. Adèle lui propose de venir chez elle. Quitte à le revoir autant qu'il sache qui elle est. Ne rien lui cacher.

« Des carottes râpées chez moi, ça vous tenterait ? »

Victor lui répond oui aussitôt sans réfléchir. En fait, il en meurt d'envie. C'est comme ça, c'est dans l'air, l'atmosphère. Il n'a pas le choix : il en a envie. La voir chez elle. Dans son univers, la connaître totalement. Percevoir qui elle est, quelle est son histoire, sa vie.

Adresse. Code. Quelque chose est facile déjà. Il faut simplement se laisser vivre, prendre ce qu'il y a à prendre du merveilleux de la vie. Victor est dépassé par lui-même, il n'a pas l'habitude de procéder ainsi. Mais quelque chose l'empêche de faire autrement, de lutter, d'aller contre. Il va vers. Vers elle. Vers quelque chose qu'il ne connaît pas, qu'il ne soupçonnait même pas, ni de lui, ni de l'existence. Faire les choses sans réfléchir, en étant complètement libre. Sans rendre de compte, sans avoir à rendre de compte : penser à lui, penser à elle.

Comme la première fois, avant de le voir, Adèle ne dort pas de la nuit. Insomnie. Lente insomnie cette fois.

26

Je me réveille. Il est 3 heures du matin. Je me réveille et j'ai envie de toi… Fort, très fort. Je me caresse encore et encore et encore. Je ne songe qu'à toi. Je t'imagine dans mon lit, là à m'écarter les cuisses, à m'enfoncer tes doigts, là à me dire qu'on en crève d'envie tous les deux. Je suis là toute mouillée pour toi, rien que pour toi. J'ai envie de voir ton corps, ta peau, ton sexe, ta cheville, tout de ton corps et de ton être, et de t'appartenir totalement. Être à toi. Tout en caressant mon sexe trempé, je te sens là, totalement là déjà, là dans mes draps, dans mon lit avec moi. Je jouis et je pense à toi fort.

Je rêve et je fantasme. La réalité est que je me caresse et je me donne du plaisir en ayant ton visage, et cette image fabuleuse de toi. Ta pensée m'envahit. Déjà remplie d'amour pour toi, quoi qu'il arrive, quoi qu'il se passe, quoi qu'on en fasse : je rêve de toi, sexuellement, physiquement, intellectuellement, émotionnellement, amoureusement. Je rêve de toi en entier. Je veux que tu me serres les mains, les bras, le corps, fort, fort, fort. Que tu caresses ma peau, mes seins, mes jambes. Et moi je veux tout caresser de toi, jusqu'à ta cheville. Je te veux toi.

Un oreiller entre mes cuisses, je me serre contre lui et m'enivre de cela. Je me donne du plaisir en pensant à toi. Une, deux, trois fois. Je jouis déjà de toi.

Je m'endors enfin. À 6 heures du matin, le désir me réveille. Toi. Toujours toi. Je me suis endormie avec toi, réveillée de toi. Alors je me caresse encore et encore et encore. Je suis comme folle de toi. Jamais je ne me suis caressée ainsi en songeant à un homme. Un homme et sa cheville.

27

« Et si on essayait d'être heureux ne serait-ce que pour donner l'exemple ? » Je me répète cette phrase de Jacques Prévert. Faisons comme lui…

Tu arrives. Tu sonnes à l'interphone. Tu montes l'escalier. Tu sonnes à la porte. Je t'ouvre. Tu es là. On se salue comme on peut. J'aime te voir arriver chez moi. J'aime t'ouvrir la porte. Te voir arriver ici est un cadeau de la vie. Ça, rien que cela. Je suis perturbée, moi qui me suis caressée toute la nuit en t'imaginant. Tu n'es pas un rêve, ni un fantasme, mais une réalité, toi et ta cheville, vous êtes là devant moi et chez moi, bien réels encore une fois. On se regarde, on se voit.

Tu es le beau temps, même un jour d'orage, même sous la pluie battante. Tu me donnes de la force et du courage et te voir, t'entendre me galvanise et me stimule. Sur l'étagère tu attrapes un livre d'Aïvanhov.

« La joie véritable n'a pour cause rien de visible ou de tangible. C'est une joie sans cause que vous donne la seule sensation d'exister comme âme et comme esprit. Alors au lieu d'attendre de posséder quelque chose ou quelqu'un pour vous réjouir, au contraire, réjouissez-vous de l'existence des êtres et des choses, car c'est dans cette joie qu'ils vous donnent, que vous avez la sensation qu'ils vous appartiennent. C'est ce qui vous donne de la joie qui vous appartient, alors que ce qui vous appartient ne vous donne pas nécessairement beaucoup de joie. Tout ce qui vous réjouit, vous le possédez, et beaucoup mieux que si vous en étiez le vrai propriétaire. »

Ce qui comptera entre nous est la qualité du temps passé ensemble… La qualité. Uniquement la qualité.

Tu me demandes si tu peux photocopier quelques pages de ce livre. Tu t'assois alors par terre, dans l'entrée, devant l'imprimante. Tu imprimes. Tu imprimes. Et tu imprimes encore. Recto verso. Assis par terre avec ton verre d'eau devant toi.

Tu étais assis là et tu étais tellement beau et… J'étais heureuse. C'était un moment parfait, comme le chante Philippe Katerine. Oui, un moment parfait, et j'étais bien et heureuse. Je riais même avant même de sourire. Une jolie joie de vivre m'habitait. Tu étais mon moment parfait à toi tout seul.

Je sais que c'est un homme rare, fabuleux, merveilleux, extraordinaire dans le sens étymologique du terme, sortant de l'ordinaire. Il ne me provoquait pas le syndrome du « cœur brisé ». Bien au contraire, mais du cœur entier qui veut battre et être heureux. Non, je n'avais pas le « takotsubo », découvert par les Japonais dans les années 1990. Je ressentais tout le contraire : j'étais gaie. Un truc que je ne connaissais pas en fait, évident, simple, quoi qu'il arrive, quoi qu'il se passe.

Mon Dieu, j'avais tellement envie de lui. J'avais froid aux mains et chaud partout ailleurs. J'avais chaud de lui, de sa bouche, de ses yeux, de son sexe, de sa cheville. J'avais envie d'être dans ses bras et de l'aimer et de me laisser aimer par lui, ce possible que je ne savais pas d'un homme. Me laisser aller à être aimée. Peut-être. Si ça devait être avec quelqu'un, ce pouvait être avec lui. Je l'avais vu au premier rendez-vous, cette première heure, ce premier instant.

Je le désirais absolument. Tout mon être se troublait et me faisait passer par toutes les températures. Je ne faisais pas 37,2 °C, ni 37,4 °C, mon corps était à 69 °C.

28

Malgré les apparences, je n'ai jamais eu l'esprit tranquille. Jamais dans ma vie je n'ai pu l'avoir. Chaque jour un stress émotionnel m'envahissait, et toujours et toujours à cause de mes « amours », ce faux mot si juste. J'avais tenté de me faire aimer par des hommes incapables de m'aimer, qui ne comprenaient rien à mon être. Aimer quelqu'un, c'est veiller sur ses rêves, veiller s'il vit ou s'il crève, veiller à son bonheur, à sa joie de vivre. Laisser l'autre être libre de lui. Libre d'être lui-même dans son essence profonde.

J'en ai marre qu'on m'ennuie. J'en ai marre qu'on me fracasse. J'en ai marre d'avoir marre. J'en ai marre des pressions, j'en ai marre des tensions et de tout ce qui me fait perdre mon temps. J'en ai marre des méchants, d'un certain type de gens. J'en ai marre de tout ce vent. J'en ai marre d'avoir perdu mon temps. J'en ai marre en faisant ce bilan. Sens de la vie. Du sens de ma vie. Passer à autre chose. La lettre du notaire est devant mes yeux. Je bois mon café froid, refroidi, glacé, glacial. Les yeux dans le vide, un peu dans le vague à la deuxième lecture de ce papier, deuxième lettre du notaire. Ma mère me lègue une maison. Depuis le temps que nous sommes fâchées, je n'avais pas connaissance qu'elle avait encore une maison malgré sa vie agitée, baroque, rocambolesque. Elle disait pourtant sans cesse qu'il fallait être libre de tout, ne rien avoir, ne pas être attaché aux biens matériels, aux maisons, aux objets. Ne pas avoir de boulet à la cheville, de chaînes qui peuvent empêcher d'avancer. Pouvoir partir quand on veut, là où on veut, avec qui l'on veut, à tout instant. J'étais stupéfaite. En état de choc. D'abord parce que je n'aime pas les notaires, mais ça c'est une autre histoire, et ensuite d'avoir des nouvelles de ma mère de manière administrative, juridique. J'aurais tellement préféré un mot d'amour, un « je t'aime » un jour. Ce jour-là n'a jamais eu lieu, n'a jamais existé. Et là ma mère réapparaissait comme par hasard après mon retour de Marrakech. Mon esprit jonglait comme il pouvait entre cet acte notarié, titre de propriété, les souvenirs de maman, et le visage, l'esprit et le corps de Victor. Gymnastique du cerveau tout à fait acrobatique, relativement épuisante sur le plan des émotions une fois de plus. Une maison. J'héritais d'une maison à cent quatre-vingts kilomètres de Paris. Qu'est-ce que j'en avais à faire ! La vendre ! M'en débarrasser ! Voilà ce que j'avais aussitôt comme pensée. Ah ça non, je n'allais pas m'encombrer d'une baraque que je n'avais pas choisie, qui s'imposait à moi ! Bien sûr que j'avais de la chance de recevoir un tel cadeau, mais je ne l'avais pas choisi. Même si on ne choisit jamais ce qui nous arrive, car les choses arrivent et s'imposent d'elles-mêmes. Toujours. Le destin. Le destin tracé. On n'a déjà plus le choix quand elles sont en chemin vers nous… Le mouvement est amorcé. Rien n'est statique jamais, tout est mouvement perpétuel. Que faire de cette maison ? Comment ma mère l'avait-elle eue ? Achetée ? Qu'avait-elle vécu dedans ? Et avec qui ? Aller sur place. Aller voir ce lieu au plus vite. Retrouver un peu de ma mère, un peu de son odeur et de son parfum. Retrouver Maman.

29

Bien incapable de conduire, je déteste cela. J'imagine trop de choses sur les routes traversées et donc j'ai peur. Les accidents survenus, évités de justesse… Je demande à Sophie de m'y emmener. Elle accepte. Sophie conduit prudemment. Elle est concentrée, regarde la route. Je sais que son œil n'est pas distrait toutes les deux secondes, et ça me rassure. Je panique dans les virages, il faut que je sente qu'on ralentisse un peu avant, même en faisant semblant sinon je vis un cauchemar. Sophie vient me chercher. Nous partons. La route est belle. Nous avons le droit à toutes sortes de météos, soleil, ciel nuageux, pluie, pluie torrentielle, arc-en-ciel. Puis se dessine un magnifique soleil quand nous sommes proches d'arriver. Pays de Caux. J'adore les vaches. La campagne est belle, tellement belle. J'ai l'impression qu'elle me sourit. Dans la voiture nous ne parlons pas avec Sophie. Elle songe certainement à son livre, et à Paul encore même si… Moi je pense à tout à la fois, mais particulièrement à ce moment passé avec Victor chez moi, dans mon monde, ma planète, mon intimité, au beau milieu de mon décor, mon histoire. Je le revois parfaitement s'inscrire chez moi avec moi. Tout le monde ne va pas chez tout le monde dans tous les sens du terme. Tout est une question de justesse et d'adéquation. Tout ne va pas ensemble. Tout ne va pas à tout le monde. Victor va bien chez moi car il a l'air de s'y sentir bien. Nous étions dans mon monde, dans mon monde qui était le sien. Nos énergies étaient en correspondance parfaite, mieux que dans un livre où tout est romancé, mieux que dans un scénario d'amour happy end. Je le revois sourire, lui qui ne sourit pas toujours. Je pense à lui et je suis bien sur cette

route qui m'emmène découvrir la maison cachée, secrète, mystérieuse de ma mère.
Sophie se décide à mettre de la musique. Serge Reggiani chante « Votre fille a vingt ans, je vois venir le temps... ». J'ai le sentiment de rajeunir, de retourner vers maman. Je me sens toute petite, je suis encore sa petite fille. Même morte, elle m'épate encore. J'ai la sensation qu'elle est là, juste au-dessus de moi, qu'elle est sur la route avec moi. Elle est là assise à l'arrière de la voiture rouge de Sophie. Sage et silencieuse. Elle est là et me conduit chez elle. Je sens son énergie, sa présence, son âme rôder, puissante. Elle est là à me donner la main pour atténuer mes peurs, pour que je me sente moins seule, moins toute seule sans elle, moins sans son amour qui m'a toujours manqué. Maman est là, plus présente morte que lorsqu'elle était vivante. L'atmosphère est tout à fait particulière... Nous arrivons tout au bout des cent quatre-vingts kilomètres. Nous traversons un premier village, un deuxième, puis enfin nous sommes face à l'église. Sans savoir pourquoi je décide d'aller mettre un cierge pour ma mère et tous ceux que j'aime. Besoin du Ciel, des cieux, pour rentrer dans cette maison et découvrir le mystère de ma mère : ma mère en sa demeure.

30

Une grande allée mène à une maison rose et noir, petit manoir de style anglais, Napoléon III. Je suis là face à cette maison et c'est comme si elle allait me parler, me raconter une histoire. Comme si ma mère allait enfin parler, enfin me parler, ne plus se taire, mais tout dire, tout me dire, ne plus me laisser dans l'ambiguïté des choses et des rapports, dans le flou, le vide, le rien, la difficulté de ne rien savoir mais tout imaginer, de pire, de tout risquer d'imaginer. Ne plus me laisser dans le silence, dans l'horreur terrifiante et hivernale du silence. J'aurais pu la serrer dans mes bras mais mes bras n'étaient pas assez grands, alors je l'ai fait avec mon cœur.

Je suis tombée amoureuse aussitôt, et bien malgré moi, de cette maison. Sans penser ni réfléchir, sans prévoir, sans avoir rien prévu. Cela m'est tombé dessus comme ça. Nous étions jeudi 12. Il était 11 h 30. J'adore le jeudi. C'est mon jour préféré. Pour tomber amoureuse d'une personne ou d'un lieu, un bon jour pour vivre, aimer, se marier, faire l'amour, y croire, et se laisser aller. L'attirance était là, déjà en marche. Nous nous rencontrions et je retrouvais une fois de plus maman. Ma main tremblante tenait la clé.

J'ai ouvert la porte et la maison chantait déjà un air de piano que ma mère jouait lorsque j'étais enfant. *Pour Élise* plus connu sous l'appellation *La Lettre à Élise*… Sophie est au téléphone dehors. Je suis seule à l'intérieur avec ma mère. Je retrouve mon enfance et tout ce que j'ai perdu, tout ce que je n'ai jamais eu, tout ce qui m'a égarée. Je suis là plus vivante que jamais, adulte petite fille.

Ma mère m'entraîne tel un fantôme dans chacune des pièces. Nous la visitons ensemble. J'ai 5, 8, 11, 15 ans, je ne sais plus, 20 ans, je n'en sais rien. Je retrouve ma mère et c'est bon. Sa silhouette, son ambiance, sa façon d'aimer la vie, d'y croire, de prier, de bouger, de parler, d'être gaie ou en colère, sa façon à elle d'être elle. Je vois tous ses tableaux, ses miroirs, ses statues, ses fourrures, ses fanfares, ses livres, ses chaises, ses fauteuils… Tout ici lui correspond, tout ici est elle. Et pourtant, je n'avais jamais vu cet ici auparavant. Tout ce que je découvre là, je la reconnais en tout. J'imagine où, quand, comment, pourquoi elle les a trouvés, chinés… Comment sont-ils arrivés jusqu'à elle ? Maman, qui étais-tu… Qui étais-tu en fait ? Je ne connaissais que la mère que tu étais, je ne te connaissais pas comme femme, en tant que femme. Maman, raconte-moi qui tu étais…

Nous arrivons dans ta chambre. Impossible de se tromper. Là est forcément ta chambre. Là était forcément ta chambre. Une chambre rouge, rouge cerise, rouge passion comme toi. Lit à baldaquin indien. Tentures de velours et d'organza, blanches. Des portraits, visages de femmes, d'enfants, les uns à côté des autres à gauche de ton lit. Quel est cet endroit des *Mille et Une Nuits* ?
Cet endroit ressemble à un voyage dans un pays dans lequel on n'a aucun repère dans l'espace-temps, où surtout on peut se croire à n'importe quelle époque, dans un pays de nulle part inventé de fond en comble. Que faisais-tu dans cette vie-là ?

En dehors de tout, en dehors du temps, en dehors du monde. Loin de moi, de tout ce que l'on croyait toutes et tous de toi.

31

Il faut savoir dire merci. Tout le monde ne dit pas merci. Paul par exemple n'est pas quelqu'un qui dit merci. Merci quand on est quitté, même quand on dit adieu. C'est la décision de l'autre, soit, mais l'autre en nous quittant nous libère à un endroit qu'il faut accepter. Être dans l'acceptation. C'est pour autre chose de meilleur qui ne peut qu'arriver. Et c'est parce que nous avons d'autres choses à vivre.

Oui, il faut savoir dire merci. Merci merci merci. C'est cela que ma mère aurait dû se dire quand l'homme qu'elle aimait est parti le soir de Noël. Au lieu de cela elle est restée dans sa colère pendant des années, dans sa propre indignation, dans le déni. Alors elle a perdu du temps. Elle a voyagé pour oublier, en fuite, en fuite en avant. Elle m'a fait porter comme une valise, un bagage trop lourd le départ de papa. Je n'avais pourtant rien à voir avec cela. Rien. Strictement rien. C'était son histoire à elle avec son histoire à lui. Une histoire de grandes personnes, une histoire de couple. J'avais 8 ans quand il est parti. J'ai toujours 8 ans quand je suis triste, ou désemparée. J'ai toujours 8 ans quand quelque chose me fait mal, et curieusement, j'ai toujours 8 ans quand je suis la plus heureuse du monde. J'aime bien avoir 8 ans, ça me rappelle plein de souvenirs, 8 ans c'est ma vie à moi. Avec Victor j'ai 8 ans : tout est possible, tout est à imaginer et à inventer. Tout est à rêver. Il est mon cadeau de Noël, celui que je n'ai jamais eu, jamais reçu, que personne ne m'avait accordé auparavant.

Avec Victor tout est possible, tout est encore possible. Il vient d'arriver dans ma tête pour visiter la maison lui aussi.

Nous sommes maintenant tous les trois avec ma mère. Les présentations, la rencontre se passent bien et pourtant il est mon homme marié. Ma mère a dû faire son deuil de cela apparemment. Elle a compris des choses, c'est certain : l'énergie est bonne, fluide, agréable. Nous redescendons dans le salon. Je m'assois dans un fauteuil au tissu léopard ancien. Maman et Victor également s'assoient à mes côtés dans mon imaginaire. Je me sers un doigt de porto plutôt dégueulasse mais il n'y a que ça et je veux trinquer avec eux. Les sens que nous avons sont toujours présents avec nous. Nous sommes ici et partout toujours. Notre aura se promène. L'invisible est rempli de chaos et d'êtres que nous ne percevons pas.

Sophie frappe délicatement à la porte d'entrée, et entre, elle me tend une bouteille de champagne. Mon champagne préféré. Du Roederer. Il me porte chance, il m'a déjà porté chance et j'en bois quand je sais qu'un événement important va arriver ou qu'il faut célébrer quelque chose pour que les dieux soient avec nous. Sophie le sait. Et c'est vrai que c'est toujours une bonne idée, quelques bulles… Je me décide à ouvrir les persiennes et à tirer les rideaux. La lumière pénètre maintenant dans le salon et éclaire déjà tout le rez-de-chaussée. Je suis bien. Je suis chez moi. Je me sens chez moi. Je me sens réunie de moi, plus séparée d'avec moi-même, proche, si proche, tellement proche de ma mère à cet instant-là. Je la vois telle qu'elle est, telle qu'elle était en sujet et non en objet de désir. Ma mère… Ma mère créait le désordre parfois… Elle ne voulait jamais rien exprimer de ses sentiments véritables. Elle les cachait, dissimulait, par pudeur, peut-être par pudeur… Qu'a-t-elle vécu dans cet endroit ? Venait-elle seule ? Le temps ici semble tellement s'être arrêté depuis toujours. Tout semble pourtant en place, rien n'a bougé. Tout est en ordre. Nous trinquons à cette maison qui m'entoure d'amour tout à coup, qui me protège de toute agression extérieure. Je ressens cela au plus fort de moi, et c'est bon, c'est doux.

« À cette maison ! Tchin-tchin ! Au destin !! À cette nouvelle page qui s'écrit !! »

32

Sophie et Adèle décident de rester dormir là. Adèle est maintenant chez elle. L'histoire est folle comme elle les aime, comme sa mère aimait, aime. Elles ouvrent tous les volets, tirent tous les rideaux, tentures, velours. En grand, elles ouvrent les fenêtres, aèrent. Adèle trouve une bougie blanche qu'elle allume. Elle fume une, deux, trois cigarettes en buvant sa coupe de champagne. Un moment hors contexte de tout comme celui vécu avec Victor huit jours auparavant… Un moment comme une fin de semaine où on veut se laisser aller à ne rien retenir, à laisser faire la vie, et tout ce qui doit se passer, arriver. Un moment intime d'amitié, gai, joyeux et profond cependant. La maison est heureuse. La vie est là, la vie revient, après des années d'obscurité. La maison semble revivre, c'est évident, exister totalement.

33

Brusquement attirée par un petit secrétaire au fond de la pièce, je me lève et vais ouvrir un des tiroirs. Des photos par centaines sont ici en vrac, toutes mêlées les unes aux autres, certaines à l'endroit, d'autres à l'envers, tel un puzzle à reconstituer afin de comprendre l'image réelle et le sens des choses. Je prends au hasard une vingtaine de photos, disons une trentaine, et m'assois à côté de Sophie. Nous regardons les photos défiler entre nos mains et sous nos yeux. Des inconnus, uniquement des inconnus... Des hommes, des portraits d'hommes de tous les styles, de tous les genres, de tous les âges. Un en particulier revient sans arrêt, continuellement, sous des formes différentes, dans des situations différentes, des saisons différentes. Impossible de passer outre. Je ne le connais pas. Je ne sais pas qui il est, qui est ce personnage ? L'amant de ma mère sans doute, son dernier homme, son ultime amant. Son plus beau roman peut-être. Je réalise qu'au fond je ne connaissais rien de l'histoire de ma mère. Son enfance, sa vie, rien d'autre que ce qu'une mère raconte, livre en général, habituellement à ses enfants. Rien que des banalités, des dates plus ou moins approximatives, de l'à-peu-près. Rien de ce qui fait qu'on connaît quelqu'un : ce qu'il aime, déteste, espère, redoute, rêve. Non, je ne connaissais rien des fantasmes de ma mère.

Elle s'appelait Armande. Elle avait les yeux foncés, ni marron ni noirs, mordant à la folie lorsqu'elle était nerveuse ou en colère. Sa passion étaient les hommes, le monde masculin. Je découvre cela en voyant toutes ces photos, ses photos, les hommes de sa vie. Des amis ? Des relations ? Une palette incroyable sans restriction du masculin. Elle photographiait leurs chevilles à tous. Elle photographiait leurs chevilles. À tous sans exception. Leurs chevilles étaient son jardin secret.

Une lettre d'amour. Quelques mots parmi ces photos. « Ton Victor » en guise de signature… Ce prénom encore et encore et encore.

Il n'y a pas de coïncidence : je poursuivais le destin de ma mère, autrement, mais je le poursuivais. La mort n'existe pas. C'est une vue de l'esprit, une illusion.

Il n'y a pas de fin. Rien ne s'arrête jamais. Il n'y a que de l'espérance et des portes ouvertes. Rien ne doit empêcher d'être et avancer. Je ne veux pas de nuit, ni de jour fermé. Je veux la vie à temps plein et de l'amour véritable. C'est comme cela que ma mère sans aucun doute m'aurait parlé si elle avait eu le temps de dire.

Ma mère a tout vécu au fond. L'absolu à 25 ans. Elle avait gagné à la loterie pas mal d'argent, ce qui lui avait permis de vivre comme elle le souhaitait : libre. Mais, seulement mais ça lui avait fait une belle jambe, elle qui ne rêvait que d'être actrice… Le jackpot, le gros lot, prier Dieu, la Vierge Marie en échange de…

Tout ça parce qu'on croit parfois que la vie et le bonheur sont des échanges, un sacrifice. Le bonheur est une réalité, un rêve, pas une idée. Le bonheur ne peut être une idée : le bonheur est ou n'est pas, l'amour est ou l'amour n'est pas. La liberté est une décision, un premier pas vers. Vers l'amour et vers soi. Avancer. Des phrases à la con peut-être, pour marcher.

J'aime l'idée de grandir, d'évoluer, d'apprendre à marcher. On peut partir de nulle part et arriver quelque part. Démarrer comme personne ou comme tout le monde puis réfléchir autrement.

Un livre est posé sur la table du salon, Marie Meunier-Surcouf : *La Maison morte*… Il n'y a pas de maison morte, il n'y a que des maisons vivantes, qui vivent ! Je veux tout l'inverse de ce que je lis dans ce livre. Je veux tout l'inverse ici dans cette maison ! Je veux la vie, et de la vie vivante ; des maisons avec de la joie et de l'amour dedans, sans nostalgie ni mélancolie à l'intérieur d'elles, de remords ou de regrets. Je refuse ce livre. Je n'aime pas le titre ni cette couverture mauve délavée. Une maison c'est la vie totalement ! Quand on croit en la vie, on la fait exister. Une maison c'est comme une femme, on doit la faire vibrer, on doit la sublimer. Tout est triste dans ce livre… Je ne veux pas ressembler aux personnages détruits par la rancœur et le non-assouvissement qui sont à l'intérieur. Je veux être en vie et vivante. La mort n'existe pas si on décide qu'elle n'existe pas, ça sera toujours pour moi une vue de l'esprit

34

Victor est un homme libre mais il ne le sait pas. Il croit qu'il ne l'est pas. Croire quelque chose n'est pas toujours la vérité. Il croit qu'il est toujours en couple, il s'en persuade, mais dans tout ce qu'il exprime, il est déjà séparé. On peut être en couple et ne plus être ensemble, tellement éloignés l'un de l'autre. Victor ne sait pas, ne sait plus. De quoi a-t-il vraiment envie ?

Inconsciemment, il y pense parfois. Cette étrange pensée lui traverse l'esprit : faire autre chose, vivre autre chose, loin d'ici. Découvrir d'autres mondes. Être lui, devenir lui, un autre lui qu'il ne sait pas de lui, qu'il ne s'autorisait pas jusqu'alors à être. Une autre personne tout en étant le même. Nous ne sommes jamais les mêmes selon les époques de notre existence, alors pourquoi aujourd'hui Victor ne grandirait-il pas encore ? D'un coup ! Tout à coup ! Sortir de lui pour devenir complètement lui : complètement libre. Changer de référent, oser d'autres thèmes, jouer d'autres notes. Se découvrir. Victor est un homme rare, sublime. Adèle l'a perçu au premier regard jeté sur lui. Elle finissait par ne plus y croire à force de croiser tellement de malotrus, de ringards, de Montparnasse à Roissy en passant par Saint-Lazare. Elle en avait presque fait le deuil : l'espoir de voir un jour un homme, un vrai, pas un en toc, pas en pacotille, pas en strass, une pâle et mauvaise imitation. Lui, Victor, sans rien faire, était un homme, rien qu'à sa manière de vous regarder. Il était à tomber de beauté et de charme, d'intelligence et de délicatesse, de douceur et de force intérieures. Victor… Un coup de foudre, coup de tonnerre dans le cœur et dans l'âme. Amoureuse. Il n'y

avait rien à faire, il n'y avait pas à lutter, c'était comme ça, l'amour venait de débarquer. Elle ne décidait pas de l'aimer ou de ne pas l'aimer, ça s'imposait, c'est tout, et c'était très agréable.
On ne tombe pas amoureux tous les jours, et quand on y pense : combien de fois tombons-nous amoureux véritablement dans une vie ? Combien de rencontres réelles qui font de nous ce que nous allons devenir, qui font de nous ce que nous sommes… Oui, combien de rencontres nous marquent dans notre vie profonde…

Et dire que tout cela, au départ, avait commencé par un regard posé sur une cheville, la peau de sa cheville. Adèle n'était pas sa maîtresse, elle devenait son amour. Elle n'était pas triste, elle n'avait pas le syndrome de celle qui espère, attend, quémande, pleure, fait des crises ou des scènes d'hystérie totale. Non ! Adèle aimait Victor et ne demandait rien.

Elle avait conscience qu'elle avait déjà la chance extraordinaire de l'avoir rencontré, de le connaître. C'était tellement déjà. Tout le monde ne rencontre pas quelqu'un de rare et de beau. Victor était libre de faire ce qu'il voulait, ce qu'il souhaitait. Elle était face à lui. Elle était là. Sa porte était ouverte, son cœur, son lit, ses cuisses uniquement pour lui. Il arriverait peut-être un jour comme ça, d'un coup, sans l'avoir prévu, prémédité, organisé. Un jour peut-être il sonnerait à sa porte pour rester. Il arriverait peut-être un jour avec son sourire en guise de bagage, un bouquet de fleurs blanches à la main, tendu vers elle sans qu'elle s'y attende. Peut-être que ce jour-là existait déjà car tout ce qui arrive existe déjà depuis longtemps dans l'univers.

Un jour Victor arriverait beau comme toujours, en chemise blanche ou en T-shirt noir. Il sonnerait en bas à l'interphone, monterait l'escalier et ça serait une jolie scène de film. Adèle le regarderait ébahie, n'en revenant pas de le voir là, arriver à 19 h 38. Elle le prendrait dans ses bras, fort d'amour, l'embrasserait dans le cou, fort d'amour, et ils feraient l'amour en s'aimant, en s'aimant tellement fort. La lumière allumée comme en plein jour pour se voir, totalement tout voir l'un de l'autre. Elle mettrait la main sur son ventre, sur sa peau. Elle le caresserait tout en le regardant. Il saurait alors que rien que de le caresser ainsi lui donnerait à elle un plaisir sublime. Elle descendrait le long de sa jambe en l'embrassant de mille et un baisers, plutôt des milliards, lécherait sa cheville, idolâtrerait sa cheville, cette cheville, là, tenue entre ses mains. Ce premier détail de leur rencontre. Ce serait comme un baisemain, son baise-cheville à elle, sa déclaration. Adèle, là à ses pieds, totalement ivre d'amour pour lui. Elle l'embrasserait partout, le sucerait partout. Il serait là allongé dans son lit, ce lit où elle a tant rêvé de lui. Cet homme qu'elle avait vu en rêve avant de le rencontrer. La veille de leur rencontre, elle avait eu ce flash. Cette voyance, cette fulgurance mystérieuse. Et il était là aujourd'hui nu dans son lit. Il était là comme s'il avait été toujours là. Un parfum d'encens japonais se promènerait dans l'air. Elle repenserait à ce jour à Marrakech où elle avait tiré la carte de la « source de lumière » du jeu de Masaru Emoto. Les présages ne mentent jamais. Victor et Adèle ne se mentaient pas, ne pourraient jamais se mentir. Ils s'aimaient, c'est tout. Ils n'étaient pas comme beaucoup un pansement l'un pour l'autre, une béquille, une illusion. Ils étaient l'un pour l'autre tout le contraire. Ils étaient l'un pour l'autre l'expression de la vérité la plus pure : non ils n'avaient rien à se cacher, rien. Tout était possible. Leur amour était à inventer chaque jour. Leur fantasme à faire existier en toute liberté dans la beauté évidente de l'amour réciproque. Ils n'étaient pas une revanche de quoi que ce soit l'un pour l'autre, le fantôme d'une histoire pas vécue, pas finie. Non, ils n'étaient pas là pour réparer l'autre d'une manière ou d'une autre. Ils étaient comme deux héros, non pas seuls mais réunis tous les deux, au masculin et au féminin, le yin et le yang, l'adéquation parfaite. Elle aimait autant sa part féminine que son côté masculin, il aimait autant sa part masculine que sa féminité. Ils se lisaient. Ils parlaient la même langue. Elle l'admirait pour toute sa culture, ses références, ses références de chiffres, ses subtilités multiples, ses analyses rapides, concises et sensibles. Elle aimait tout de lui. Désormais, elle l'aimait tout entier et non plus seulement sa cheville.

35

Ce soir-là Victor n'avait rien prémédité. C'était un soir comme tous les autres en apparence. Mais seulement en apparence. Il était rentré chez lui, sa femme était là. Dans le bureau, à ranger des papiers, des factures. Mais ce soir-là, il l'a vue différemment. Il l'avait regardée.

Elle n'a pas pleuré, elle n'a pas crié, car au fond d'elle-même elle le savait depuis toujours qu'il s'en irait un jour. Et un jour était ce jour-là. Elle faisait un cauchemar récurrent depuis plusieurs mois. Un cauchemar, comme un oiseau qui vient cogner avec son bec à la vitre d'une fenêtre, un cauchemar comme un présage. Elle l'avait vu partir, s'en aller et ne plus revenir. Depuis ce cauchemar, elle ne le regardait plus de la même façon. Les mystères de la nuit, du sommeil aussi lui avaient parlé, l'avaient prévenue que quelque chose allait arriver. Sans drame, tout serait plutôt facile, sans tension aucune. Elle savait qu'elle n'y pouvait rien, qu'elle n'y pourrait rien changer. Elle était déjà dans l'acceptation de tout, en marche vers le changement. Il n'avait pas eu à lui parler, à rentrer dans des justifications épuisantes et bas de gamme. Il l'avait simplement regardée. Et elle avait compris.

Victor n'est pas de ceux qui ont peur, peur de tout et de n'importe quoi, la race de ceux effrayés à l'idée de devoir exprimer. Victor n'avait simplement pas envie de raconter cette rencontre. C'était sa vie à lui. Adèle était sa nouvelle lumière, son aujourd'hui, son avenir. Il s'est réveillé ce matin-là, il avait rêvé, simplement rêvé cette nuit-là.

36

L'orgueil, cette saloperie ! On croit qu'on n'en a pas et on en a quand même. Adèle vient de recevoir un SMS de Jean, un SMS d'orgueil et d'amour-propre. Jean veut voir si Adèle pense encore à lui, s'il a toujours un impact sur elle. Se rassurer. Voilà ce qu'Adèle se dit en lisant son message. Cette rencontre avait existé afin de lui permettre de réaliser à quel point elle tenait à Victor. Elle avait le choix de mettre un terme à cet amour de vacances qui aurait pu malgré tout se poursuivre un certain temps, mais elle aurait été incapable de continuer, de faire l'amour plus longtemps avec Jean. Même si elle n'en gardait que des bons souvenirs sexuels et sensuels. Adèle n'était pas de celles capables de mener une double vie, de mener une double liaison. Elle était trop entière. C'était l'un ou l'autre. Elle avait fait le choix de Victor. La vie, l'amour avait choisi pour elle plus exactement. Elle n'aimait que les choses claires, dans les liaisons aussi. Faire autrement lui était impossible. Elle ne comprenait pas ces hommes et ces femmes capables d'être dans le théâtre de vaudeville en permanence, se dispersant pour un oui ou pour un non. Tous ces gens perdus, paumés, s'égarant continuellement d'eux-mêmes, allant chercher ailleurs quelque chose sans réellement savoir quoi, qui allaient de corps en corps, de désert en désert, se perdant un peu plus chaque fois, allant chercher qui, quoi, en fait au fond d'eux-mêmes tels des corps déserts[2]… Même si Adèle était une femme à hommes, c'est ce qu'elle pensait. Mais ce dont elle rêvait, ce dont elle avait toujours rêvé était de rencontrer l'homme de sa vie. Le seul. L'unique.

2 *Cf.* Barclay/Berthet, « Les corps déserts », album *Pudeurs*, 2000.

Le véritable. Celui à qui on a envie de donner la plus belle partie de soi. Elle ne rêvait guère de rivières de diamants mais d'un fleuve de tendresse auprès de lui. Les hommes qu'elle avait connus jusqu'alors étaient à des années-lumière de ce rubis si précieux qu'était Victor.

Elle n'avait pas besoin d'aller voir une voyante, même la meilleure qui soit, pour savoir que c'était lui, lui Victor, qu'elle voulait. Il était son rêve à elle, il en avait toutes les qualités : l'intelligence, la culture, l'ambition, le courage, la droiture, la perspicacité, la finesse, l'écoute, l'éducation, la noblesse, la sensibilité, la sensualité, la gentillesse… Liste non exhaustive… Tous les autres hommes de son passé lui apparaissaient comme poussières, tout petits à côté de lui. Adèle, intuitive, savait que lui, à la différence de tous les autres, était un homme. Pas une pâle copie, pas un leurre. Elle en avait effectivement l'intuition profonde. Pas besoin de flash, de carte, de pendule, de personne : son cœur lui, savait, le savait que c'était à jamais sans limites dans le temps.

Elle ne pouvait lui être que fidèle. Elle était déjà à lui en tout. Elle rêvait d'être dans ses bras, oui, qu'il la tienne fort dans ses bras, tendrement, tellement tendrement. Leurs âmes étaient faites l'une pour l'autre. Avec lui, son âme à elle existerait sans que le sexe soit le moteur de quoi que ce soit, et elle lui apprendrait une autre partie de lui, que son âme fonctionne désormais également par l'érotisme et la sensualité. Oui, ils étaient faits pour découvrir grâce à l'autre une autre partie d'eux-mêmes, ce pour quoi ils avaient été incarnés, comprendre ensemble le chemin de leur karma, le sens de leur incarnation ici-bas, démêler les épreuves afin de saisir ce qu'ils étaient venus dépasser sur cette Terre ronde.

37

Paul ne va pas bien du tout. Sans s'en rendre compte, il tombe. Peu à peu. Dans l'alcool. Il n'en a pas conscience. À part accuser Sophie de tous les maux de la Terre, il ne se remet toujours pas en question. Jamais. Il est persuadé de détenir la vérité absolue, quel que soit le sujet. Il est dans la maîtrise totale, enfin c'est ce qu'il croit faussement. Sûr de lui, outrageusement, sûr de lui. En dehors des rapports de force, il ne sait pas comment la vie fonctionne et peut exister. Il n'est que dans la possession. Dans l'agressivité de tout vouloir maîtriser, son but est de dominer.

Sophie vient de lui échapper. Et c'est intolérable. Il sait, même s'il n'a conscience de rien, que là, c'est certainement trop tard, que c'est la fin. Il s'en mord les doigts jusqu'à en saigner, en pleurer, ses larmes rouges de sang, ses larmes si intenses mais c'est trop tard en effet, tellement trop tard. Il a échoué. Sophie a mis du temps à comprendre que leur relation était toxique, dangereuse. Fatigante, l'expression de tout sauf de l'amour. Elle avait tout fait pour lui faire plaisir, pour essayer de le rendre heureux, il ne voyait rien de ce qu'elle faisait pour lui. Elle se battait contre des moulins à vent en permanence et là, elle avait atteint son seuil maximum de souffrance. Il était urgent pour elle de se protéger, de se mettre au vert, de mettre de la distance, la distance finale. Il la tuait à petit feu dans tous ses élans. Aujourd'hui, les choses se retournaient contre lui. C'était lui, Paul, qui était au plus mal.

Face à lui, nu, et tout lui revenait comme un boomerang en pleine face. Il récoltait le résultat de tout ce qu'il avait semé avec Sophie. Une sorte de justice divine s'opérait à présent. C'était obligatoire. Irrémissible. Karmique, encore et encore une fois de plus.

Il était dans une fuite en avant : l'alcool et tous les drames que cela engendre. L'alcool non plus festif, mais l'alcool destructeur. Unique pensée : boire, boire, et boire encore, mélangeant les breuvages à en être malade, à s'en tordre l'estomac. Boire, boire, boire afin de se noyer totalement pour oublier. Oublier Sophie. Boire pour faire mine de se persuader qu'il n'en avait rien à foutre d'elle, qu'il ne l'aimait pas, qu'il ne l'aimait plus, qu'il ne l'avait jamais aimée et qu'il était bien mieux sans elle ! Cette pute ! Cette salope ! Cette idiote ! Qu'il n'avait rien à aimer d'elle ! *Nada !* Il était tellement mieux sans elle.

Il s'étourdissait de verre en verre, de bouteille en bouteille, son appartement ne ressemblait plus qu'à un cimetière de bouteilles vides et de cigarettes écrasées dans des cendriers de fortune. Ses vêtements traînaient à même le sol. Des slips séchaient sur le radiateur. Des serviettes de toilette sales étaient éparpillées un peu partout. Un appartement d'étudiant en pleine crise d'adolescence, en pleine dépression inconsciente, cachée. Cela ressemblait à la fin de tout, au chagrin d'un être, ça ressemblait à une séparation.

Chaque détail parlait… Tout n'était que désordre, énergies basses et chaotiques. Même les fruits agonisaient, pourris, moisis. Des capsules de café utilisées vivaient leurs derniers instants les unes à côté des autres. Tout était sale. Décédé. Tout n'était qu'alcool. Paul était allé trop loin dans la manipulation avec Sophie, il en avait perdu le contrôle. Il ne lui restait plus qu'à lutter maintenant avec lui seul pour tenter, peut-être, de s'en sortir et d'évoluer positivement. Il lui faudrait bien sûr du courage, beaucoup de courage, de la force. Seulement, en avait-il ?

38

La nuit a été merveilleuse. Là dans cette maison. Réelle et fantastique. Réelle et imaginaire. Réelle et poétique, onirique. J'ai dormi avec Victor. Nous avons encore fait l'amour toute la nuit. J'étais au septième ciel de lui. C'était comme s'il avait toujours été là. Il pensait forcément à moi autant que moi cette nuit-là. Il caressait mes seins, promenait sa langue absolument partout. Cette nuit-là, il a embrassé ma cheville… Il me tenait les pieds, me massait d'amour pendant des heures et des heures. Massage du dos, de la nuque, des reins, des seins. Points de shiatsu, puis tous massages confondus, un massage qui ne ressemblait à aucun autre, son massage à lui, unique au monde, unique comme lui. Il enfonçait sa langue dans ma bouche, dans mon sexe. Nous baisions, nous faisions l'amour. J'étais à lui, il était à moi, nous étions bien. Si nus l'un pour l'autre, chaque millimètre de nos peaux se donnait de l'amour, plus jamais je ne voulais te quitter cette nuit. Raconte-moi tes fantasmes. Je voulais tout oser. Que nous osions tout. C'était le moment. Car la vie passe, file et s'en va. Tous les regrets, les remords, les « j'aurais dû »… Je voulais que nous inventions nos souvenirs, que nous écrivions notre histoire, notre amour. Nos âmes et nos corps avaient tellement de choses à créer.

« Tellement de facettes de toi que tu ne connais pas encore, que tu n'as jamais sues. Moi comme toi. Jamais je ne te ferai de mal, et cela j'en suis sûre, certaine, absolument certaine. Jamais tu ne me feras de mal, et cela j'en suis sûre, certaine, absolument certaine. »

Ma mère a bien dormi elle aussi. Dans sa chambre rouge. Avec Victor, nous avons pris la chambre rose. La grande chambre au deuxième étage. Maman n'est plus du tout choquée que je sois amoureuse d'un homme marié, d'un homme qui ne soit pas libre. Nous sommes dans le jardin à en discuter toutes les deux au petit déjeuner. Je fume une, deux, trois cigarettes. Tu m'imagines, tu me connais. Maman est là, calme, compréhensive. Maman est là qui m'aime sans me juger, dans la compréhension enfin la plus totale. C'est chouette de pouvoir discuter avec sa mère, de pouvoir tout dire, que la parole soit libre, libérée, simple, facile et souple. Ne pas être jugé, ne pas se sentir jugé, cassé, étiqueté. Maman est là qui sourit. Maman est heureuse. Je ne l'ai jamais vue ainsi. Il fallait peut-être qu'elle meure pour que je la voie, que je la reconnaisse ainsi telle qu'elle est. Telle qu'elle était vivante. On est bien toutes les deux. On s'aime toutes les deux. On est là enfin toutes les deux.

« Maman, pardon d'être partie, de ne pas avoir donné de nouvelles, d'avoir créé le silence, la mauvaise distance, cette distance de métal. Pardon de t'avoir fait tant souffrir, de t'avoir fait pleurer, pardon de t'avoir tuée. Pardon… »

La phrase sort enfin de ma bouche. Je parle à ma mère, je lui présente mes excuses, toutes mes excuses. Je lui demande le salut, la paix de mon esprit, sa bénédiction pour ma propre sérénité, ma paix intérieure. Que toutes mes insomnies et mes cauchemars s'arrêtent à tout jamais ! Que j'oublie tout afin de repartir à zéro, de faire place nette. Oublier sans alcool, sans drogue, sans calmants, sans anxiolytiques, sans antidépresseurs, oublier sans cauchemars. Que ma vie maintenant ressemble à un rêve. Un rêve avec Victor aussi. Que j'oublie ce soir de Noël… Que j'oublie tes cris, tes angoisses, tes folies, que j'oublie que tout cela inconsciemment et consciemment m'a marquée, tellement marquée et que cela m'a empêchée de vivre et d'être heureuse jusqu'alors.

Nous sommes là toutes les deux en paix, l'une à côté de l'autre, main dans la main, toutes les deux dans le pardon enfin…

« Car l'histoire marche plus vite que la cicatrisation de nos plaies[3]. »

3 Vladimir Jankélévitch, *Le Pardon*, Flammarion, Champs/Essais.

39

Sophie a dormi dans la chambre bleue tout au bout du couloir du premier étage.

« Adèle ! Adèle ! Monte ! Monte vite ! »

Elle m'appelle par la fenêtre.

« Qu'est-ce qu'il y a ?
– Viens, je te dis ! »

Maman disparaît à travers les roses blanches et remonte dans le ciel. Dans le ciel bleu. Tout semble bleu alors. Je rejoins Sophie à l'étage. Elle me tend une photo.

« Je suis désolée… J'ai ouvert ce tiroir-là. Je me suis permis d'ouvrir ce tiroir. J'étais comme attirée, magnétisée. »

Elle me montre une petite malle en cuir, époque dix-neuvième. C'est « la photo de classe » – notre photo de classe. Elle pourrait ressembler à celle de Sophie ou à la copie qu'elle m'a fait faire à Marrakech, or, il y a une différence sur celle-là. Un détail autre. Je suis entourée au feutre noir avec une croix dessus, ainsi que le petit garçon qui tourne la tête et qui a changé de nom… Mais lui, il n'y a pas de croix sur lui… Nous nous regardons toutes les deux interdites, déboussolées. Qu'est-ce que cela veut dire ? Je retourne, tremblante, la photo. « École Bossuet, rue Madame, Nicolas. » Son prénom est écrit à la main en grosses lettres…

40

Ne pas vouloir s'attacher, c'est déjà être attaché. Ne pas vouloir être amoureux, c'est déjà être amoureux. On ne décide pas de cela, cela tombe dessus comme le soleil sur la peau.

Les hommes ont peur d'aimer. Souvent. Presque toujours. Certains, beaucoup en tout cas. Alors ils jouent les héros forts et puissants, « indifférents », comme dirait Boris Vian, ils jouent aux hommes qui ne s'attachent pas et qui vont de port en port ou restent avec la même femme en apparence toute la vie. Ça peut faire ça, c'est vrai, d'être amoureux : on a le sentiment de ne plus rien pouvoir décider, de ne plus rien pouvoir maîtriser, alors on veut maîtriser encore plus, encore plus, afin de prendre de la distance pour se dire : je dois me protéger. On veut se sentir libre de décider de tout, d'autant plus lorsqu'on a ce besoin de tout vouloir maîtriser. Ce désir, cette volonté de tout gérer, on a du mal à laisser les choses se faire naturellement, à lâcher prise.

Grosso modo ce que lui écrivait Victor, le Victor de ma mère, son homme marié. Nous venons de trouver avec Sophie tout un paquet de ses lettres, dans un coffre noir incrusté de turquoises sur le dessus. Ses lettres parfumées de son parfum, de son eau de toilette. « Pour un homme » de Caron. Cet homme était fou d'elle à en lire ses écrits mais il était marié, il n'était, croyait-il, pas libre. Libre de ses mouvements de vie, de ses désirs, de ses aspirations. Il était marié, soit, mais amoureux de ma mère et il n'y pouvait rien changer. Il avait essayé de rompre de mille et une façons et mille et une fois. Il lui écrivait qu'elle était l'amour de sa vie, l'unique et le seul, le vrai, le véritable, son émeraude à lui. Ce sont les plus belles lettres d'amour que j'aie lues. Elles sont toutes numérotées.

Lettre numéro 48 :

« Mon amour,

Je te rejoins. J'arrive. Je quitte tout pour toi. Je veux être avec toi. C'est aujourd'hui, c'est maintenant. Plus rien ne m'importe que nous deux et notre histoire d'amour. J'arrive demain. Je suis déjà là. Rejoins-moi à la maison, celle que tu aimes tant, celle que j'ai achetée pour toi, pour nous, notre secret à nous, rejoignons-nous là-bas. À demain. Je t'aime mon amour. À demain là où tout est rose. Là où tu es toi. Là où tu es la plus belle des roses qui soient.

Ton Victor »

Un vague souvenir me revient… Ma mère avait disparu un temps, un certain mois de juin. Elle avait prétexté un voyage avec une amie à Saint-Malo je crois. C'était donc lui qu'elle avait retrouvé, c'est sûr. Nul doute à cela. Maman me cachait donc l'homme qu'elle aimait, qui la rendait heureuse, celui qui ne l'enfermait pas, ni dans les larmes ni dans le conformisme ni dans le bien comme il faut, ni dans le comme il faut, le petit-bourgeois, le conventionnel, le qu'en-dira-t-on, le je-ne-sais-quoi, celui qui l'autorisait à être elle. Il était celui avec qui elle souriait, avec qui elle riait, avec qui elle parlait de tout, avec qui tout était magique. Oui, il était celui-là.

Cette maison était leur alcôve, leur chambre d'hôtel à eux, leur boudoir, leur élégance, leur lieu, leur décor de théâtre.

D'autres lettres d'amour suivent… Jusqu'à la dernière lettre…

« Mon amour,
Je te laisse la maison. Tout est réglé. Pardonne-moi. Je ne reviendrai plus. Je ne te quitte pas. Mon cœur est avec toi mais… Ma femme vient de se suicider. Mon fils, Nicolas, venant de perdre sa mère, a besoin plus que jamais de moi. Je dois prendre soin de lui. Adieu. »

À ce moment précis, pas une seconde de moins, pas une seconde de plus, Sophie reçoit un SMS du détective, l'agence Michel :

« Bonjour Madame, mes recherches ont abouti : j'ai retrouvé le petit Nicolas Carel, celui qui a changé d'identité. De ce que j'ai pu trouver apparemment, il aurait changé d'école après le suicide de sa mère, Catherine Carel, puis après le décès de son père Victor Desage, il a changé d'identité pour des raisons introuvables et ignorées. Voulez-vous retrouver Nicolas Carel ? Le seul élément que j'ai obtenu est une vague adresse à Marrakech il y a deux ans, dans le quartier du Guéliz. Il aurait travaillé comme photographe. J'ignore s'il y travaille encore. Dites-moi si vous souhaitez que je poursuive mes recherches…
Cordialement,
Agence Michel »

Sophie me lit le message, les bras m'en tombent, les bras nous en tombent. Nous sommes toutes les deux dans l'incapacité de parler. J'allais aider, j'aidais Sophie pour son livre. Maintenant c'était sûr : elle avait eu raison dans son intuition. Entre le roman et la fiction, entre la mémoire et tout ce qui sert à construire, Sophie avait son sujet comme sur un plateau d'argent, et moi sur le fil enfin de mon histoire, l'histoire complète (ou presque) de ma mère.

Comme la cheville de Victor, je réalisais que tout est une question d'articulation. Une cheville en apparence ne sert à rien pour tomber amoureux et faire de cela une rencontre. Sauf que tout compte. Chaque détail compte. Chaque détail est un message de l'au-delà. Vivre avec les yeux ouverts sans cesse. Aujourd'hui j'ouvrais les yeux sur ma vie. J'avais tous les éléments maintenant pour comprendre : ma mère, donc ma vie. Mes origines, mon inconscient. Il n'y avait plus de zones d'ombre. Son secret était à l'air libre : il n'était plus son secret. Il était libre, il n'y avait plus de secret. Ma mère m'est apparue à nouveau. Tout était bleu encore. Elle souriait et riait au-dessus de moi. J'ai pu lire dans ses yeux :

« Ma chérie, maintenant tu sais tout. Prends soin de toi. Tu vois… On ne va pas avec un homme marié. Mon Victor avait trop attendu avant de lui parler, avant d'assumer, avant de dire. C'est cela qui a fait du mal à tout le monde. Trop de choses s'étaient passées, il ne faut jamais cacher la vérité. Tout se sait un jour. Tout se sait toujours d'une façon ou d'une autre, surtout les histoires d'amour. »

41

Nous sommes rentrées à Paris. J'ai fermé la maison à clé. Je l'ai embrassée des yeux. Nous avons laissé tous les volets ouverts. J'allais y revenir vite, le plus vite possible. Avec Sophie aussi. Sophie avait envie d'écrire dans cette maison. Cette maison rose. La photo de classe était un signe du ciel. Raconter l'histoire, notre histoire : celle de la photo de classe et de cette maison. Tout s'orchestrait parfaitement, divinement. Recontacter l'agence Michel sans tarder. Urgence et obligation de poursuivre l'enquête. De savoir exactement ce qui s'était passé. Notre imagination faisait des bonds, des sauts de biche. Et puis non, Sophie décide que non : l'inspiration lui viendra naturellement. Elle fera marcher son intuition. Nicolas Carel avait changé d'identité à la mort de son père, l'amant de ma mère. Il avait compris alors que son père avait aimé à la folie éperdument Maman, et que sa mère, pour cette raison, avait décidé de mettre fin à ses jours. Un sale jour d'hiver, un sale jour sans aller-retour, sans détour de rien. Elle s'était jetée par la fenêtre, rue d'Assas. Mourir face au jardin du Luxembourg... Se suicider d'amour et de désespoir, de trahison. Se suicider à côté de l'école de la rue Madame.

Nicolas Carel avait donc quitté l'école. Rester habiter dans le quartier aurait été survivre pour lui et son père, demeurer là aurait été infaisable. Ils ont tout quitté tous les deux du jour au lendemain. Installation précipitée à Marrakech. Changer de tout, du tout au tout, au plus vite, trouver du soleil après la mort. Repartir à zéro. Partir en toute urgence. Ne pas survivre. Jamais. Vivre. Vivre encore. À jamais.

42

« Mais le problème soulevé par les prouesses du magnétisme animal en cache un autre, bien plus universel : s'il n'y avait pas de sensorialité sur le mode de l'âme, il n'y en aurait pas non plus sur le mode de la conscience. »

Georg Wilhelm Friedrich Hegel,
Le Magnétisme animal.
Naissance de l'hypnose,
PUF

Le tigre. Sophie vient de rencontrer un tigre. Un tigre dans un bar. Pas ce truc sur un site de rencontres faussement dans l'air du temps actuel, cette espèce de truc très très étrange, clic et clac… Ils se sont regardés. Magnétisme incroyable.

« Tu sais quoi ? Il te regarde et tu tombes dans ses yeux, tu n'y peux rien. Il t'envoûte, puis il te caresse. »

Sophie découvre sa propre sexualité. Elle pensait qu'elle faisait bien l'amour avec Paul, mais en fait non. Le tigre est un animal érotique. Il est félin, le sait et le fait bien. Des caresses comme personne au monde, paraît-il. Ils se sont donc rencontrés dans un bar un soir vers 18 heures. C'est un copain de Sophie qui le lui a présenté. Ils sont repartis ensemble, Sophie et son tigre. Elle l'a ramené chez elle. Ils ont parlé. Un peu. Beaucoup, beaucoup. Ils ont bu un peu, comme quand c'est bien et agréable, ni plus ni moins, et puis d'un coup dans la cuisine, il s'est jeté sur elle comme une bête féroce, tendre et sensuelle bête féroce. Elle avait beau lui dire non, non, non, elle n'en pensait pas un mot.

Tout en l'embrassant, il la traitait de « petite menteuse » et la déshabillait tout simplement, amoureusement. Toute la nuit il l'a caressée, partout. D'abord dans la cuisine debout, puis dans la chambre, puis dans la salle de bains, puis par terre. Sophie sourit : Paul est très loin grâce à ce tigre. Moralité : faut-il coucher avec quelqu'un d'autre pour oublier quelqu'un ? Peut-être... Changer de corps, de décor, de peau, changer de sexe. Changer, tout changer. Sophie ne fait pas l'amour de la même façon avec ce tigre. C'est impossible. Elle se donne complètement, différemment, autrement. Elle se laisse aller. Le tigre sait la faire jouir. Orgasme sur orgasme. Le pays des merveilles, l'Absolu. Elle ne savait plus ce que c'était, elle ne l'avait peut-être jamais su. Sophie avait eu si peu d'amants, et de plus si mauvais, qui ne connaissaient rien au corps des femmes, à leurs désirs, à leurs fantasmes, à leurs rêves, des incapables à donner du plaisir car aucune femme auparavant ne leur avait appris. Pris le temps de leur apprendre. Mystère du corps des femmes... Mystère de la sexualité féminine, du féminin sacré.

Adèle et Sophie ne parlent jamais de cela. À ce sujet, Sophie est pudique, Adèle non. Adèle n'a aucun souci à parler de tout ça. Au contraire, elle aime le faire partager de façon simple et naturelle, épicurienne. Sophie, pour une fois, avec ce tigre, grâce à ce tigre, éprouve le besoin d'en parler à Adèle. Elle était bien dans ses bras, dans n'importe quelle position. Les yeux qui brillent à l'infini. Elle aime sa peau ferme, mate, bronzée, ses bras sublimes, ses épaules si bien dessinées, son allure animale, sa gueule fatale, ses yeux noirs d'Indien et de pirate. Il lui explique qu'entre eux c'est qu'une histoire de cul, qu'il ne veut pas rentrer dans une histoire. Sophie prend la décision spontanément : elle est prête à accepter cela. Tout ce qu'il veut. L'essentiel est de passer du temps avec lui. Après cette sale histoire avec

Paul, destructrice, bipolaire, sadomasochiste, et cette trop longue rupture qui a tant traîné et qui l'a tant abîmée, Sophie veut envisager toute chose sous d'autres angles. Avec le tigre, ils parlent pendant des heures en se regardant les yeux dans les yeux. Sophie raconte à Adèle quelque chose qui la trouble : le tigre lui attrape la cheville sans arrêt... Quand ils prennent un verre, déjeunent, dînent, quand ils sont au lit, à un moment ou à un autre, à tout instant, il lui attrape la cheville ! Quel est ce truc dans l'air ? La cheville... Une cheville... Cette partie du corps si sensuelle, tellement oubliée... À observer tout autant que le reste. Chaque détail du corps raconte qui on est, pas seulement le visage. Toute chose raconte notre personnalité et notre vécu, notre rapport au monde, aux autres, à l'amour.

Le tigre ne prenait plus soin de lui depuis des années suite à une insolente séparation qu'il avait vécue dans toute l'horreur de la violence, qu'il n'avait pu dépasser. Tout est une question de temps. Il ne s'était jamais posé le problème de la bonne façon, par conséquent il ne pouvait avoir la bonne réponse... Il suffisait de changer l'angle de son regard. Mais jamais il ne le faisait, ne prenait le temps de se poser pour le faire. D'une classe naturelle folle, il faisait comme si se détruire était plus important que se construire, croire encore en l'amour. Il avait perdu toute estime de lui, toute confiance à force de paroles blessantes et meurtrières de son ex-compagne. Femme-sorcière vengeresse, redoutable, de ces êtres qui font payer aux autres leurs propres souffrances, tout leur karma. Il ne voyait rien et pour cause, c'est comme s'il avait été anesthésié, endormi afin qu'il ne s'aperçoive de rien depuis des années. Il lui fallait un baiser magique : Sophie le lui donna. Sophie, princesse et fée à ses heures. Elle avait compris l'âme du tigre et ce qu'il avait vécu, tout ce qu'il avait vécu. Elle l'aiderait, elle ferait tout pour l'aider. Elle était sur sa route pour cela, humaniste, bienveillante. Lui donner du temps, de l'attention, l'aimer toutes les heures de cette histoire, courte ou longue, en apparence légère, indéterminée oui, elle voulait l'aider. En fait ils étaient faits l'un pour l'autre, pour s'épauler sur leur chemin, se rassurer, se prendre dans les bras pour se redonner de la force et de l'amour de soi. Se donner de l'espérance, du beau. Sophie avait bien besoin de cela. Un peu de gentillesse. De la tendresse. Et tellement d'amour à revendre. Elle voulait lui donner à lui, tout lui donner. Il était le plus beau de tous les animaux sauvages, au pays des hommes.

43

Victor est passé voir Adèle. Déjeuner seul face à elle. Adèle ne peut plus manger. La nourriture est devenue une étrangère, une matière amère, détestable. Adèle n'a plus faim de rien, n'a plus goût à rien. Elle sait que tout est foutu d'avance, elle est lasse de cela. Que faire de toutes ces choses qui ne mènent à rien, de tout ce temps qui passe dans le vide de rien. Chacun gardera sa vie quoi qu'il arrive apparemment. On va vers où ? On y va comment ? Il faudrait y croire peut-être… Peut-être… Mais Adèle est fatiguée, épuisée d'avoir sans cesse le sentiment de devoir se battre pour être aimée.

Adèle a compris que Victor ne quittera jamais sa femme. Impossible. Ça ne sera pas possible. Il l'aime. Il lui a dit. Il l'aime encore. Il l'aimera demain. Adèle lui inspire un souffle nouveau, une forme de liberté, de baroque, d'onirisme, de sensualité. Mais Victor ne franchira pas le pas de tout quitter pour elle. Il ne prendra pas le risque de le faire. De tout briser. Lui qui aime tant construire. Adèle désormais le sait, le ressent, le capte. Bien sûr qu'il pense à elle, parfois même en boucle, parfois même toujours. Il fantasme en pleine nuit, en pleine journée. Adèle représente son fantasme à l'état pur, son secret érotique, sa récréation personnelle, son sas de décompression. Et là bien sûr, il pose alors sans réfléchir les mains sur son sexe. Il se caresse. Quelques heures…

En parallèle de cela, Adèle bien évidemment pense à lui mais doit se protéger et rester sur ses gardes. Hors de question de souffrir une nouvelle fois à cause d'un homme, pour un homme. Mécanisme à arrêter. Protection à mettre en place et à se répéter à chaque instant. Se respecter, pour une fois, penser à elle d'abord. Alors Adèle retourne dans la maison de sa mère, sa propre maison maintenant. Elle sait bien que l'amour peut être une prison dangereuse. Elle scrute comme pour s'en persuader la photo de classe en gros plan dans sa tête, dans ses yeux. Oui, elle sait qu'il ne faut pas jouer à ce jeu-là. Oui, elle sait que croire à une histoire d'amour basée sur une séparation, une rupture, est un lourd challenge, tellement lourd à porter. Elle ne veut pas être un pansement, ni être responsable d'un chagrin d'amour, être la coupable, être jugée coupable. Adèle porte en elle déjà si fortement le drame de sa mère qu'elle ne souhaite pas le reproduire. L'onde inconsciente, psychogénéalogique doit s'arrêter. Un deuxième malheur ne peut arriver. C'est hors de question. C'est non. Il ne faut pas tenter le diable. À quoi bon s'attirer les foudres de l'univers ? Se protéger. Son cœur s'enflamme en des milliers de contradictions. Tout semble paradoxe et pourtant elle a la certitude que la même chose se reproduirait tout à fait de la même façon. Trouver en elle le courage d'intégrer que Victor, cette si jolie et incroyable rencontre, ne pourra s'arrêter mais qu'il restera marié. On ne construit pas sur des ruines… Victor se sentirait coupable, tellement coupable. Il vivrait avec le sentiment d'un échec affreux. Et pourtant, dans l'impossible tout est possible. Et surtout il y a tellement de formes de relations, de déclinaisons d'histoires d'amour, la seule chose qui importe est la vérité et la sincérité des choses. Le reste n'est que littérature, le reste n'est que roman. Adèle a bien l'intention d'écrire de nouveaux chapitres dans son existence. Ne pas lâcher l'affaire. Garder la foi en tout. L'amour existe !

44

« Il est plus facile de briser un préjugé qu'un atome. » C'est d'Einstein… Je ne sais plus dans quoi…

Victor parle tout seul. Victor est chez lui. Appartement. Dîner, des amis sont là. Nous sommes jeudi. Sa femme aussi, souriante comme toujours, lumineuse comme toujours. Version soleil. Gaie quoi qu'il arrive. Quoi qu'il se passe. Visage lumineux et enjoué. Rien ne se voit sur son visage. Rien ne transparaît. Ce qui la motive : plaire. Se montrer sous son meilleur aspect, son meilleur jour, même quand il pleut, même quand il neige, même sous l'orage. Ne rien laisser transparaître. Tout l'inverse d'Adèle : chez elle, tout se lit sur son visage. Quasiment en permanence. Elle, elle n'a plus de prénom ou presque. Elle est sa femme. Il pense trop à l'autre, à Adèle, cette autre qui prend de l'espace, trop d'espace. Il n'y peut rien, il pense à elle. En boucle comme une chanson rayée qui se répète, que l'on souhaite réécouter, réécouter, réécouter. Il pense à elle tellement qu'il ne sait même plus ce qu'il veut revoir, réentendre, réécouter. Il pense juste à elle. Tout seul au beau milieu de tous ces gens présents chez lui. Il est là à table et il n'entend plus rien. Il n'écoute plus rien. Dans son monde. Adèle est là, omniprésente, avec ses yeux de vingt mètres carrés qui le regardent. Mais que faire ? Victor ne peut rien faire. Il est là dans sa vie structurée comme il le voulait, comme il la voulait. Il est là chez lui, seul au beau milieu de sa vie. Sa femme le regarde, aimante et douce. Il veut lui sourire mais son sourire reste coincé, bloqué. Sa femme est merveilleuse alors elle fait comme si elle ne voyait rien, comme s'il ne se passait rien, alors que d'autres fronceraient les sourcils, piqueraient des crises de nerfs, d'hystérie ; elle, elle le soleil, sourit encore. Elle l'observe et lui envoie comme message que non : il a rêvé, il a juste fantasmé. Pour elle, il n'y a pas eu de rencontre, c'est elle, seule, qui est son anneau à son doigt. Son anneau à jamais, qu'une cheville ce n'est que dans la tête. Sans lui parler et tout en lui souriant, elle est là gaie, dans sa robe jaune délicate et ses hauts talons. Elle est là, parfaite ou presque. Elle sait mais ne dit rien, ne dira rien, ne formulera rien. Elle est là consciente de tout, dans la maîtrise totale, dans la retenue, une certaine forme de manipulation quelque part. En plein déni. En pleine maîtrise d'elle-même.

Victor sait que sa vie est probablement, peut-être, là à cette adresse, et qu'Adèle doit rester un fantasme. Adèle n'est pas une réalité, ne peut être une réalité. Certaines heures, certains jours, mais combien de temps réellement pourrait-elle être autre chose…

Ça y est, l'été est là, chaque jour un peu plus, davantage. Que va-t-il se passer ? Cet été tout particulièrement. Trouver quelque chose pour se changer les idées, penser à autre chose. L'oublier. Tenter. Tenter de l'oublier.

45

Adèle pense à sa maison en permanence. Elle est son obsession. Le moyen inattendu de retrouver sa mère, son passé, pour se construire enfin. À travers ce lieu, comprendre enfin qui était cette femme, cette mère qu'elle jugeait au fond sans cesse, sous un seul prisme, un seul, à sens unique. Un être dans sa limitation, un seul rôle, un seul état particulier. Le bonheur s'inscrivait aujourd'hui et c'était celui de retrouver, découvrir, celle qu'elle n'avait jamais eu la force de revoir pour une dispute idiote, quelque chose de complètement ridicule avec le recul. Elle s'était fait mal, elles s'étaient fait mal et n'avaient pu se dire adieu, à bientôt, à tout à l'heure.

Tout ça pour ça ! Cette maison lui permettait de faire la paix, d'être enfin en paix. Y être, y rester. S'y installer. Bien sûr qu'elle allait quitter Paris au plus vite. Déménager. Partir là-bas. Avancer autrement. Paris l'étouffait. Ses insomnies revenaient et la contrariaient. Dans toute cette violence permanente, incessante. Oui, c'était évident que c'était une bonne idée : l'idée. Être encore près de sa mère, de cette façon et grâce à elle. Ni sa mort, ni leurs disputes ne pouvaient alors exister.

Oui, sa mère lui avait pardonné. Bien évidemment que oui. Comment pourrait-il en être autrement ? On pardonne toujours à ses enfants, n'est-ce pas ? C'est ce qu'Adèle se disait à cet instant précis en faisant sa valise, ses valises, ses cartons. Elle n'avait pas forcément à créer un sac, elle devait faire son sac tout simplement. Elle fermerait à clé la porte de cet appartement comme si elle n'y avait jamais habité. Ce lieu n'aurait été qu'un sas, un lieu de transit pour un nouveau départ. Quelques années de vie dans cette rue, numéro 27. Puis destination finale. Le sens véritable du voyage, du chemin de vie. Les choses s'articulaient, telle une cheville. À jamais la cheville de Victor. Oui, sa cheville à elle qu'elle n'avait jamais observée.

Cependant, Adèle voulait le revoir une dernière fois, lui proposer de faire l'amour, une fois, une seule fois, un jour, plus tard, quand elle serait là-bas dans sa nouvelle maison, sa vraie maison, elle l'inviterait et lui, lui sourirait. Au début il dirait non, il refuserait l'invitation, se mentirait, et puis un jour viendrait là-bas, tout là-bas, tout là-bas, tout là-bas… Tels un homme et une femme, un scénario à la Lelouch, ou de Woody Allen plutôt.

Couper l'eau, le gaz, l'électricité, rendre les clés. S'en aller. Tout oublier.

46

Sophie a enfin tiré un trait définitif sur Paul.

Elle est en pleine écriture avec *La Photo de classe*, entre fiction et réalité, elle écrit son livre. Le tigre est là, à veiller à ses côtés. Bienveillant, intelligent, présent, romantique et délicat. Sophie est en train de tomber amoureuse et c'est bon. Elle ne savait pas ce que c'était. Elle ne connaissait que les rapports complexes et compliqués, les pluies d'engueulades, les orages de reproches implicites et les glaciales disputes. Elle n'avait jamais fait l'amour, elle l'avait cru, le croyait mais en réalité ça ne lui était jamais arrivé. Elle découvrait à 47 ans son corps, sa propre sexualité. Le tigre la révélait, il lui faisait tout ce qu'elle attendait depuis toujours d'un homme. Pas un millimètre de sa peau qu'il ne savait caresser. Il la sublimait, lui rendait hommage. Sophie était de plus en plus naturelle, elle devenait elle. Elle n'avait plus besoin de se justifier, elle ne culpabilisait plus : elle se sentait libre, elle était libre enfin. Elle était en train de naître. Naissance ou renaissance… Tout n'était que rêve tout en étant réalité. Tout devenait léger. Simple. Beau. Le tigre transformait le laid en merveilleux à chaque seconde. Il créait de la poésie en continu. Tout chez lui était création, imagination imaginaire, magie et merveilleux. Sophie savait la chance qu'elle avait, qui s'offrait à elle à présent. Le tigre lui faisait du bien. Symbole d'amour, de sexe et de rock'n'roll. Une rencontre dans un bar à 18 heures, un soir, et c'était parti pour une histoire d'amour, inattendue, mais écrite, évidente. Personne n'aurait parié peut-être sur cette rencontre pour des raisons bien mystérieuses que les autres parfois peuvent avoir à notre égard. Jalousie, conventions, étroitesse, et pourtant ces deux-là étaient faits pour se rencontrer un jour. Sophie faisait plaisir à voir. Elle rayonnait. Les autres, toujours les autres, tout autour, les enviaient, auraient voulu être eux. Il lui en avait fallu des rencontres, et tout particulièrement cette putain d'histoire avec Paul pour pouvoir prendre contact avec elle-même, au plus profond d'elle-même, et oser dire non. Non ! Stop ! *Basta cosi !*

Paul avait donc eu un rôle considérable à jouer, un héros à sa façon. Comme dans les livres de Vian. Il avait été essentiel. Elle voulait garder de lui le meilleur et oublier tout le reste. À quoi bon se souvenir du moche ?
S'accrocher au laid, à l'échec, au raté, aux moisissures…
Le tigre l'emmenait dans sa jungle, original et ludique, différent, personnel. Paul allait quant à lui se reconstruire peu à peu : c'est tout ce qu'elle lui souhaitait.
Ça lui prendrait le temps qu'il voudrait, qu'il lui faudrait pour lui aussi. Un jour il comprendrait pourquoi Sophie avait voulu partir, le fuir comme la peste. Il était allé trop loin, beaucoup, beaucoup, beaucoup trop loin. Pour rien. Peut-être un peu d'amour, très peu, un peu, mais c'était surtout un sentiment d'orgueil qui l'animait depuis leur rupture. Il détestait se sentir rejeté, abandonné, délaissé. Il n'avait plus son jouet à maltraiter. Sophie lui avait échappé. Il n'avait voulu que la dominer, la maîtriser, il croyait y être parvenu mais il s'était trompé, personne n'est maîtrisable, c'est bien souvent une vue de l'esprit. En tout cas, là, dans ce cas précis, il n'avait strictement rien maîtrisé et surtout ni Sophie ni son départ. Peut-être qu'un jour il y réfléchirait mais quoi qu'il arrive c'était son problème, son histoire. Personne n'y pouvait rien. On ne peut rien (absolument) pour personne. Tout est une question de choix. De choix qui changent tout : la vie et le sens de la vie.

Il y avait tant de différences entre Paul et le tigre que n'importe quel con, à l'œil nu, était en mesure de comprendre le choix de Sophie. Le ciel avait mis le tigre sur sa route comme un avion que l'on décide de prendre. Elle était montée avec lui pour quelques heures de vol, en plein ciel bleu, le septième ciel absolu. Avec lui tout n'était que beauté, tendresse, écoute de l'autre, de ses pensées, de ses désirs, de ses silences, de tous ses silences, de son moindre mouvement dans l'espace. Non, rien, absolument rien n'échappait au tigre. Il voyait tout, écoutait tout, entendait tout, enregistrait tout, sentait tout. Le tigre était un animal fabuleux, sauvage et naturel dans le monde faux et artificiel.

Sophie allait s'inspirer de tout ce qu'elle avait vécu, vivait, transformer, modifier sans que rien ne soit vrai ou faux, faux ou vrai. Elle allait réinventer *La Photo de classe*, parler de l'enfance, de l'enfance d'Adèle, d'Adèle, de Paul, du tigre. Le seul dont elle ne parlerait pas ce serait Victor, sa cheville, car lui était le seul secret à jamais de son amie. Adèle n'en parlerait jamais à Sophie, ni à personne. Elle voulait garder Victor comme un trésor. Un fantasme ne se raconte pas. Rêver, deviner, garder quelques détails, des images que l'autre ne sait pas forcément, ne saura même peut-être jamais, et qui nous habitent pour toujours dans notre inconscient et notre imaginaire.

Victor, Victor… Victor et sa cheville…

47

Victor est en vacances. C'est l'été, mais l'été il s'emmerde. Il préférerait être l'hiver dernier. Il n'avait pas prévu dans ses tableaux Excel de la rencontrer. Victor ne sait pas qu'Adèle a déménagé, qu'elle est partie vivre à cent quatre-vingts kilomètres de Paris. Il ne sait pas qu'elle continue à songer à lui, encore, encore et encore, qu'elle se caresse toujours en pensant à lui la nuit, encore, encore et encore. Qu'elle fume toujours une, deux, trois cigarettes.

Il ne sait pas qu'Adèle pour le moment a autre chose à vivre : parler à sa mère de la terre vers les étoiles à tout jamais. Qu'elle a besoin de se retrouver seule un peu, beaucoup, passionnément, à la folie. Loin de tout et de tout le monde, se retrouver elle. Retrouver son enfance, ses 15 ans, ses 16 ans, ses 17 ans, ses 18 ans, ses 19 ans, ses 20 ans et reprendre contact avec sa conscience, son insouciance, ses rêves, son avenir. Savoir trouver en elle maintenant tout ce qu'elle a toujours voulu faire, être, devenir. Plus rien ne sera comme avant. Plus rien ne sera plus jamais comme avant. Adèle passe à autre chose : c'est aujourd'hui, c'est maintenant. C'est l'été. Il fait 31 °C. Il fait beau. La vie est belle. Nous sommes le 1er juillet.

« Les miracles ne se produisent que dans l'âme de celui qui les attend. »

Stefan Zweig

TEXTES EXTRAITS DU RECUEIL :

Sur la Terre vers l'au-delà. Poésie des sens

de Valérie Fauchet

(2020)

Le détail

Ce détail qui va faire
qu'on va s'aimer ou se taire
qu'on pourra se voir aussitôt se dire en se quittant
Adieu ou à bientôt
Ce détail ce mystère
Qui peut faire l'été, défaire l'hiver
Les gens s'aimer se plaire
Tout détruire pour rien, on se perd…

C'est écrit dans les yeux
Et même s'ils sont silencieux
Mais faire simplement de mon mieux
Pour te plaire sans rien faire
De vraiment ennuyeux

Ce détail qui va faire
La beauté sans commentaire
Déjà quelque part, là, dans l'air
La différence la poussière

Ce détail…
Ce détail si infime
De lumière ou de spleen
Quelques secondes dans le monde
Pour un détail se parler, ou jamais se rencontrer

Ce détail ce mystère
Qui peut faire l'été, défaire l'hiver
Les gens s'aimer se plaire
Tout détruire des bulles de verre…
C'est écrit dans les yeux

Et même s'ils sont silencieux
Mais faire simplement de mon mieux
Pour te plaire sans rien faire
De vraiment ennuyeux…

La vie est une affaire personnelle

La vie est une affaire personnelle
sans retour possible en arrière
Idéal perdu j'ai dû faire des transferts
même bien habillés on est tous tout nus
obsession familière

Toi qui fais partie de mon enfance
De ma folie et de mon inconscience
Une page est tournée en toute innocence
J'ai grandi de travers
Sans colonne vertébrale
J'ai grandi en diagonale

De ne t'avoir jamais connu
Je ne sais plus qui je suis…
Quand je pense à toi, je pense à ma vie
Si quelqu'un m'avait tout dit
Je crois que j'aurais tout compris
Aujourd'hui tout est fini… je m'enfuis et je crie
Je ne sais plus qui je suis… je ne sais plus qui je suis

Tant de noms imposés dès l'enfance
Qui figent en douce notre existence
Quelques consonnes quelques voyelles
Héroïnes assassines et sans logique temporelle
Des non qui résonnent… nostalgie familière

Mon âme brûle de toutes ses cendres
J'ai jamais supporté novembre
Les cache-cache et les esclandres
Tout ce qui engendre

De non-dits de compromis
D'empêcheurs de vie d'être humains à demi
Condamnée à l'interdit
Je ne sais plus qui je suis… je ne sais plus qui je suis
La vie est une affaire personnelle
Subjective arbitraire
Autant aller à l'essentiel…
À quoi bon se brûler les ailes ?

Le nombril des hommes

Sans paranoïa aucune
Je doute de tout, tout le temps
Je sais c'est dans l'air du temps
Le vague à l'âme des sentiments
Et le néant des larmes d'argent
Qui nous meurtrit et nous désarme
Le désespoir parfois s'acharne
À faire le monde sans espoir
Absurde et dérisoire...

Sans paranoïa aucune
Tant de non-dits d'amours posthumes
D'irréel dans le réel
Et de baisers industriels
Faut croire que c'est dans l'air du temps
De laisser planer dans le vent
La poésie des sentiments
Tant de gens se croient immortels
Inconsistance cruelle...

Je doute de tout
Je doute de tout, tout le temps
Je doute de moi, tout le temps
Je doute de moi et puis de vous
Je doute de toi et puis de nous
Car le bonheur quelques instants
Ne dure jamais vraiment longtemps

Les amours tout en dentelles
On peut me dire accidentelles
Au jardin de Bagatelle

Mais un beau jour, oui mon amour
Tu r'viendras je n'serai plus là
Parce que tu sais d'amour t'aimer
Je finirai par me lasser
Dans l'attente l'imaginaire nous hante
Et mon rimmel couler...

Je doute de tout
Je doute de tout, tout le temps
Je doute de moi et puis de vous
Je doute de toi et puis de nous
Car le bonheur quelques instants
Ne dure jamais vraiment longtemps

Sans paranoïa aucune
Mille et une souffrances personnelles
Émotionnelles qui s'emmêlent
De nos amours existentielles
Car le bonheur quelques instants
Ne dure jamais vraiment longtemps
Comme des chimères dans le désert
Dans le cœur des hommes c'est difficile
Car le nombril des hommes...

Masculin féminine

Dis-moi pourquoi
Serait-ce un crime
D'avoir des amours intimes
Masculin féminine ?

Dis-moi pourquoi mon cœur
Est un château en ruine ?
Quand je ne te vois pas
Dis-moi pourquoi
Mon cœur il bat
Un peu plus chaque fois…

Dis-moi pourquoi
Serait-ce un crime
D'avoir des amours intimes
Masculin féminine ?

À l'intérieur de moi
Pas un instant sans toi
Bien plus que t'imagines
De toi à moi ça serait un crime
De remettre à plus tard
Cette histoire

Pourquoi est-ce donc un crime
D'avoir des amours intimes
Masculin féminine ?

Peut-être ne suis-je pour lui
Qu'une simple fille en jean
Complicité intime

Dès le premier instant
Par hasard dans la rue
Rien n'est plus important
Que l'alchimie des sentiments inconnus

Alors pourquoi s'interdire toujours
Certaines histoires d'amour ?
Et ne vivre qu'à moitié
Plutôt que de se laisser
Par l'amour emporter
Et le parfum des baisers…

Chambre d'hôtel

J'ai quitté la chambre d'hôtel
Où d'autres avant moi avaient dormi.
Tous ces gens sur le dos dans le même lit
Silencieux de sommeil et rêves de la nuit
Toute la nuit j'ai eu froid avec ces inconnus,
J'avais choisi cet hôtel en passant dans la rue.

Dans cette chambre au matelas sans ressorts,
Tellement de désirs d'inconscient quand on dort…
Il en avait supporté tant
Tant entendu tant vu dans le temps
Des larmes des sourires des louanges
Des adieux des caresses des échanges.
Toute la nuit j'ai eu froid c'est étrange
Je ne sais pas pourquoi cet endroit me dérange…

Dans cet hôtel tout était si banal
Quelconque impersonnel presque sale
J'ai mal dormi forcément
À cause de tous ces gens
Que ma tête imaginait dedans.
Et même s'ils n'étaient que passants
Le sentiment troublant qu'ils étaient encore là
Comme des fantômes dans l'air,
Combien de gens dans les mêmes draps
Ensemble ou solitaire ?
Toute la nuit j'ai eu froid à quelques rues de toi…
Je ne sais pas pourquoi je songe encore à toi…

Dans cette chambre ici combien de bijoux la nuit
Rangés dans le tiroir

Sur la table posés d'agendas répertoires
De cigarettes écrasées dans le cendrier noir
De magazines de filles et puis de cinq à sept
De télé allumée sans même la regarder
De senteurs de parfums dans la salle de bains
D'inconnus qui se mêlent à mon propre sommeil
Chambre d'hôtel...

REMERCIEMENTS

Non ! Il n'y a pas de vie sans rencontres. Sans rencontres de gens, de rencontres de lieux, d'endroits, de villes, de pays, d'objets, de maisons, de regards. Même si je dédie ce livre à tous les êtres que j'ai rencontrés dans ma vie, que la vie m'a fait rencontrer ; même si je dédie ce livre à tous les endroits que j'aime et que j'ai aimés, ce livre est pour lui, à sa cheville, à ce jour de janvier. Il était 11 h 30.

Un grand merci à :

Mon éditeur, Michel Duplessier

Ma maison d'édition Ipanema

Merci infiniment à Marjorie Rafécas-Poeydomenge pour son regard bienveillant et son talent de précision, merci pour cette belle préface ! Quel cadeau !

À mes vrais amis qui sauront fort bien se reconnaître
et que je porte chaque instant dans mon cœur.

À mes trois filles d'amour.

À tous mes lecteurs et mes lectrices…

PORTRAIT DE VALÉRIE FAUCHET

par Marjorie Rafécas-Poeydomenge

La photo de la cheville fine et résille présentée au début du livre peut être un indice pour pressentir l'univers très particulier, bohème et félin de notre cher auteur Valérie Fauchet. Mais ce n'est rien comparé à l'authenticité de son regard sans fard, « un regard au crayon noir platonique[4] ».

Son regard mélancolique et doux exprime un dualisme : elle aimerait vivre intensément dans le présent, mais elle connaît déjà la fin des histoires. Oui, Valérie Fauchet est voyante. Mais sa voyance est peu commune. Rien à voir avec des boules de cristal. Elle voit des flashs, des diapositives. C'est comme des images qui défilent sans prévenir et que l'artiste qui l'habite doit déchiffrer et interpréter. Elle les transforme parfois en textes de chansons d'une troublante profondeur.

« La beauté est dans les yeux de celui qui regarde », écrivait Oscar Wilde. C'est exactement la sensation qui émane lorsqu'on regarde les yeux « remplis d'élégance[5] » de Valérie Fauchet. On sait qu'elle voit la vraie beauté. Cette beauté hors de l'espace-temps qui sauve de l'absurde.

Valérie Fauchet est peut-être née en 1968, mais en fait, on ne lui donne pas d'âge. Elle est à la fois enfant, adolescente, mère, femme et détient la sagesse des personnes pieuses qui ont la foi. Seule la période ennuyeuse de l'âge adulte inodore semble l'avoir épargnée. Elle a le physique d'une femme fatale. Voire d'une courtisane du second empire avec ses « amours de dentelles » blanches.

4 Valérie Fauchet, *Lettre ouverte aux femmes* (chanson).

5 *Ibid.*

La première fois que j'ai rencontré Valérie Fauchet, après avoir lu son témoignage dans *Une voyante passe aux aveux* publié aux éditions Ipanema[6] en octobre 2019, j'ai été frappée par sa simplicité et sa finesse. C'est une belle femme longiligne, chevelure imposante telle une muse, avec des bijoux originaux qui révèlent une pointe de rébellion. Valérie n'est pas conventionnelle et l'assume pleinement. Son don de voyance et de médiumnité l'a condamnée à être différente des autres : elle voit différemment et se sent comme Mélusine, mi-femme mi-serpent, avec l'impression d'être à la fois sur terre et dans l'au-delà.

Lors de notre première rencontre, je lui ai posé la question qui me titillait : peut-on être amoureux quand on connaît déjà la fin d'une histoire et les défauts de la personne rencontrée ? Faire des rencontres et en connaître déjà l'aboutissement, alors que la principale attractivité dans l'amour réside dans le mystère… Cela demande du courage pour aimer encore. C'est d'ailleurs ce courage qu'exprime le regard profond de Valérie. Même si on connaît la chute d'une histoire, Valérie sait qu'il faut vivre ces histoires. Les rencontres sont des « rayons de soleil » qu'il faut accueillir avec enthousiasme selon elle. C'est une façon d'accepter la puissance des moments présents. Et c'est ce que cherche à exprimer son roman, qui mêle fatalisme et optimisme. Les coups de foudre sont comme des orages d'été qui sont là pour nous guider sur notre chemin de vie.

Mais au-delà de sa voyance et clairvoyance, Valérie Fauchet est avant tout et surtout une artiste. Une vraie. Elle habite le monde comme une poétesse. Une fée hors de l'espace-temps. Une fée, et non pas une sorcière. J'insiste sur ce point, car lorsqu'une femme détient des pouvoirs

6 Valérie Fauchet avec Marie-Noëlle Dompé, *Une voyante passe aux aveux*, Éditions Ipanema, 2019.

exceptionnels, la société a tendance à nier ces belles facultés en la classant dans la catégorie « sorcière ». Les fées sont bienveillantes et sont capables, sur le bord d'une terrasse, de vous donner des indices, comme un petit coup de baguette magique, pour vous aider à surmonter des difficultés. C'est ainsi que Valérie exerce son art divinatoire.

Entrer dans l'univers de Valérie Fauchet, c'est comme un voyage hors du temps, c'est un décor qui unit différentes époques. C'est comme pénétrer à la fois dans un tableau d'orgies romaines avec des coupes de champagne gargantuesques et dans le monde d'Alice au pays des merveilles avec une table massive aux pieds recourbés. Rien ne laisse indifférent. On est immédiatement hypnotisé par le regard intelligent et pétillant d'une lionne couchée avec la sérénité d'un sphinx sur le piano à queue. Sa lionne me rappelle l'ours de Dalí à Port Lligat et le tigre qui surgit à la fin du roman pour ranimer le personnage, Sophie. Il n'y a rien de plus romantique qu'un piano à queue. Valérie est en parfaite harmonie avec son univers baroque, revêtue d'une blouse en dentelles blanches et poétique. La Vierge Marie, chère à Valérie, occupe avec grâce cet univers enchanté. La musique y est accueillante et posée, en rythme avec le feu de cheminée qui crépite. Parfois, le lecteur CD sursaute comme pour signaler la présence d'un spectre. Mais avec quelques claquements de doigts, Valérie sait rendre la musique plus docile et tout redevient paisible.

Les maisons, les objets ont de l'importance pour notre auteur. Chaque objet est comme une « cheville » qui nous met en contact avec une autre réalité, une histoire. Les maisons sont comme un troisième corps. Les livres, les photos, sont autant de liens transgénérationnels qui font cohabiter le passé. Chaque objet dans son salon a sa place, c'est comme si tous les objets avaient une histoire à raconter. Rien n'est en trop. Les tables se parlent. Les coussins rayonnent. Valérie est en totale communion avec ses meubles et ses objets. C'est pour cette raison qu'elle ressentait petite fille un besoin fréquent de modifier la place des meubles dans la maison familiale pour mieux réguler ses émotions. Les maisons ont aussi une couleur dans son univers. Vous avez découvert la maison rose et noir dans ce roman, il existe aussi une maison bleue… Les couleurs ont un pouvoir, celui de rappeler le vécu des maisons que nous habitons.

Les psychologues nous incitent à vider notre mémoire pour vivre de nouvelles choses, sinon nous écrivons toujours le même livre. Mais est-on réellement capable de nettoyer notre mémoire y compris transgénérationnelle ? Les demeures restent riches de tous les événements qui ont y lieu. Tout subsiste.

Comme les rencontres racontées dans ce premier volet *La Cheville*, toutes nos rencontres sont parsemées de synchronicités si l'on y prête attention. Rien n'arrive par hasard. Même ma rencontre avec Valérie Fauchet a fait l'objet de plusieurs synchronicités. Le 6e arrondissement, l'île aux Moines, et la bague en Onyx que j'ai achetée sur un coup de tête en décembre dernier et que j'ai retrouvée dans son roman. Rien n'est anodin… Même notre goût pour le style Napoléon III suggéré dans la maison rose.

Valérie Fauchet, malgré son réalisme conditionné par les flashs qu'elle perçoit, est profondément optimiste : elle nous incite à vivre à fond. Pas à moitié. Il ne faut pas avoir peur. Peur de quoi ? La mort n'existe pas dans son univers.

« Toute rencontre est positive », tel est son invincible été.

DE VALÉRIE FAUCHET

Parolière d'albums :

– *Pudeurs*, Berthet (Universal Music Publishing), 2000.
– *Équivoque*, Berthet (Universal Music Publishing), 2003.
– *Balconnet de France*, Rod Barthet, 2005.
– *Je te promets*, Rod Barthet, 2006.
– *Jour off*, Achil Komodo, 2006.
– *Taxi anglais*, Arita, 2011.
– Bande originale du film *Au suivant !*, Europacorp, 2005.
– *Masculin féminine*, Valérie Fauchet, 2007.

Auteur de livres :

– ***Une voyante passe aux aveux***, entretiens avec Marie-Noëlle Dompé, Éditions Ipanema, octobre 2019.

– ***Sur la Terre vers l'au-delà. Poésie des sens***, recueil de textes de chansons et poésies, 2020.
– ***La cheville*** , premier opus de la trilogie ***La vie est une affaire personnelle*** , éditions France Loisirs, sortie en avant-première juillet 2021

Auteur de théâtre :

– *Des ailes nous avions*, 2010
– *Joyeux anniversaire*, 2011

Auteur de théâtre pour enfants :

– *On a tous besoin d'amour*, 2000

Livre de Décors :

– *Ambiances*, 2016

Témoignage/interview :

– Sur la poésie et l'écriture dans *La revanche du cerveau droit* de Férial Furon et Marjorie Rafécas-Poeydomange, éditions du Dauphin, 2022

Achevé d'imprimer par
Normandie Roto Impression s.a.s.
61250 Lonrai
N° d'impression : 2203733
Dépôt légal : août 2022

Imprimé en France